ギュレギュレ！

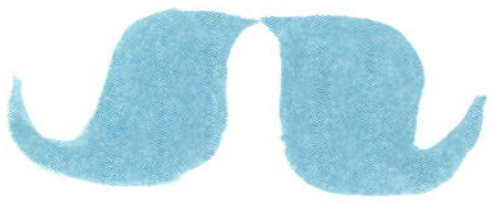

斉藤 洋

イラストレーション／樋口たつの

ギュレギュレ！

もくじ

ふしぎなじゅうたん売り

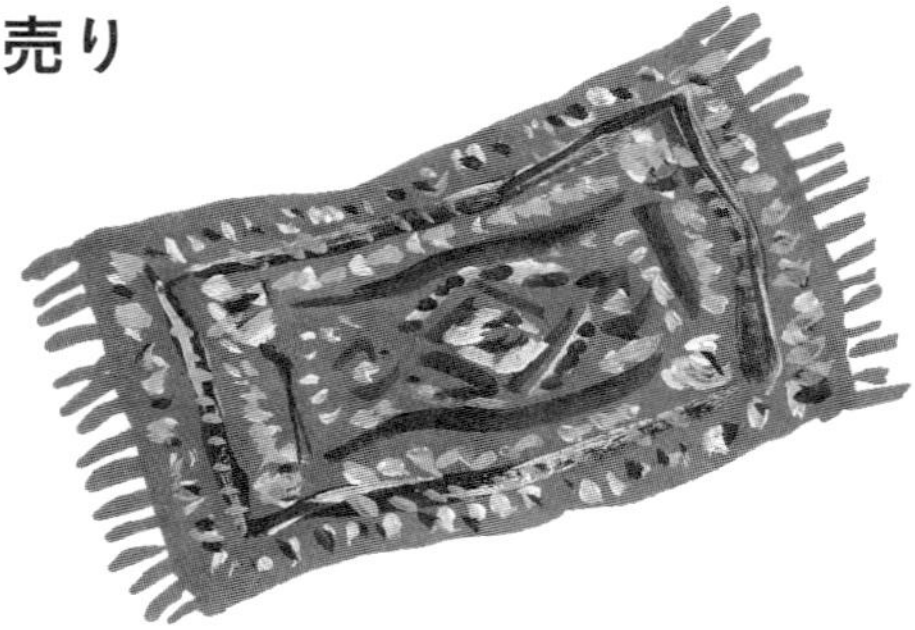

ある朝のことでした。

「ごめんください！」

という声のあと、ドンとマンションのドアに体あたりするような音が聞こえました。

へんといえば、だいたいこれがもうふしぎでした。いってみれば、それがふしぎのはじまりだったのです。たいていの人はマンションのドアなんかノックなんかしません。インターフォンのボタンをおして、

〈ピンポーン……！〉

と鳴らすのです。

でも、じつをいうと、そのときはあまりふしぎだとは思いませんでした。それで、ドアののぞきレンズから外をたしかめることもしないで、サンダルをはいて、玄関《げんかん》のたたきに立ち、ドアを開けてしまったのです。

すると、そこにはトルコ帽《ぼう》をかぶり、鼻の下にひげをはやした男が立っていました。浅黒《あさぐろ》い顔で、年は三十歳《さい》くらいにも見えたし、五十歳くらいにも見えました。白いシャツに赤いベストを着ていました。ズボンはだぶだぶで、色は白でした。靴《くつ》は黒で、とがった先が上をむいていました。

たとえば、まっすぐ立って、すぐとなりにある太い柱を両手でかかえているところを想《そう》像《ぞう》してください。男はそんなかっこうをしていました。でも、そこはマンションの通路ですから、もちろん、太い柱なんてありません。

「どなたです？」

わたしがたずねると、男は大きな声で答えました。

「ギュナイドゥン！」

「それじゃあ、ギュナイドンさん。どのようなご用ですか？」

わたしがそういうと、男はまず首を左右《さゆう》にふって、いいました。

「いえいえ、ギュナイドンではありません。ギュナイドゥンです。ドじゃなくて、ドゥ！ギュナイドゥン！」

そこで、わたしはいいなおしました。
「それでは、ギュナイドゥンさん。どのようなご用ですか？」
すると、男はまた首を左右《さゆう》にふりました。
「いえいえ、ギュナイドゥンというのは、
わたしの名前では
ありません。
わたしは、
おはようと
いったのです。
ギュナイドゥンというのは、
トルコ語で、おはようという
意味なのです。」
ここでちょっといっておくと、一見《いっけん》外国人
なのに、男の日本語はまるで日本人が話す日本語のようでした。

「なるほど……。」

とつぶやいてから、わたしはまたいいなおしました。

「それでは、おはようございます。ところで、どういうご用ですか？」

男は荷物なんて持っているようには見えませんでしたが、

「ちょっと荷物を下におろしていいですか？」

といいました。

「荷物って……？」

とわたしがいっているあいだに、男はスクワットをするみたいに、腰《こし》をさげてから、立ちあがり、横にのばしていた手をひっこめて、胸《むね》の前でパンパンとたたきました。まるで、ずっと横にかかえていた荷物をマンションの通路におろし、やれやれとでもいうふうな感じでした。

男はいいました。

「じゅうたんを買いませんか？　トルコのじゅうたんですから、モノは最高ですよ。」

きっとどこかに車がとめてあり、そこにじゅうたんがつんであるのだろう。それで、あちこちの家を訪問《ほうもん》して、あいてが買うようなそぶりを見せたら、お客の希望に合いそうなものを車から持ってくるのだろう。

わたしはそう思いました。けれども、わたしはじゅうたんなんて、べつにほしくありません。そこで、

「まにあってます。どこか、よそでどうぞ。」

といったのですが、男はひきさがりませんでした。

「まにあってるかもしれないけれど、お安くしておきますよ。玄関《げんかん》マットにちょうどいいのが一枚《まい》、残ってるのですよ。便利ですよ。」

そういって、男はうちのなかをのぞきこみ、そこに敷《し》いてある玄関マットを見ていいました。

「ええと、なんていうのでしたっけ、こういうのを日本語で……。」

それから男は、横目であらぬほうを見てから、

「バンビィくさい……でしたっけ？」

といい、すぐに、首をふりました。

「いや、ちがうな。鹿《しか》のにおいはしないだろう。いくら安物でも！」

そういってから、男は首をかしげ、いいなおしました。

「そうだ。ボウビンくさいだ。あなた、それ、駅前の百円ショップで買ったんでしょう。だめですよ。玄関《げんかん》マットは、おうちにきたお客様が最初に見るものですよ。それを百円で買うなんて……！」

じつをいうと、うちの玄関マットは百円ではありませんが、百円ショップの三百円コーナーで買ったものでした。

わたしは安物の玄関マットをばかにされたくやしさから、あいての日本語のまちがいをいじわるな口調でなおしてやりました。

「なんです、ボウビンって？　棒《ぼう》のように長いびんですか？　ボウビンくさいって、それ、貧乏《びんぼう》くさいのまちがいでしょう！」

「あっ、そうそう！　貧乏くさいでした。いやはや、とんだまちがいをしました。それはともかく、あなたの玄関マットはよくありません。ぜひ、トルコ製《せい》の高級品にかえたほうがよろしい！　いまなら、正真正銘《しょうしんしょうめい》ほんもののトルコじゅうたん、使って便利な玄関マットサイズがこれで買えます！」

男はそういって、右手のてのひらをひろげ、わたしにつきだしました。

わたしはじゅうたんなど買う気はありませんでしたが、きいてみました。

「五千円ですか？」

「えーっ？」

男はおおげさに驚《おどろ》いて見せ、つきだした手をおろして、いいました。

「いまどき、ほんもののトルコじゅうたんが五千円で買えるわけがないでしょう。五億円《おくえん》ですよ。」

わたしはあきれかえって、男の顔をじっと見つめました。

じゅうたんだろうがなんだろうが、いったい五億円もするようなものを訪問販売《ほうもんはんばい》で売ろうという魂胆《こんたん》がわかりません。

わたしはいいました。

「うちには、五億円どころか、五万円だってありませんから、おひきとりください。」

するると、男は、

「オーケー！　商談成立ですな。いやはや、あなたは商売じょうずだ。いいでしょう。四万九千九百九十九円でおゆずりします。」

といったのです。

「それ、どういうことです？」

わたしが不機嫌《ふきげん》な声でそういうと、男はこういったのです。

「だって、五万円はないんでしょう。ということは、四万九千九百九十九円ならあるってことでしょうから、大まけにまけて、四万九千九百九十九円でいいですよ。」

「何をばかな……。」

わたしがため息まじりにそういって、ドアを閉《し》めようとしたときです。

男が右手を横にのばしました。

すると、きわめつきのふしぎなことが次の瞬間《しゅんかん》におこったのです。

男のてのひらが消えたのです。てのひらというより、右手の手首から先が消えたのです！

次に、ひじのあたりまで消えました。みるみるうちに、男の右腕《みぎうで》一本がそっくりなく

なってしまいました。

　でも、消えた腕《うで》は肩《かた》のあたりからふたたびあらわれ、ひじも見えるようになりました。そして、手があらわれたとき、その手には、油紙《あぶらがみ》につつんだ筒《つつ》のようなものを持っていました。

　わたしはあっけにとられて、男の手を見つめました。

　そんなわたしにはかまわずに、男は油紙のなかから、玄関《げんかん》マットサイズの赤いじゅうたんを出しました。

「はい、これ四万九千九百九十九円です。」

　ごくりとつばをのみこんでから、わ

たしは男にいいました。

「あなた、そのじゅうたん、いったいどこから出したのです？　一瞬《いっしゅん》、手が消えたように見えましたけれど。」

「どこからって、ここにある穴《あな》からですよ。わたしはこの穴にじゅうたんを入れて、あちこち持って歩いているのです。まあ、トランクがわりってところですね。」

男はそういって、自分の横を指さしました。

むろん、そこには何もありません。

わたしは男が指さしたところに目をやったまま、いいました。

「そこには、何もないじゃありませんか？」

すると、男はあたりまえのようにいいました。

「それなら、あなた。あなたにはドーナツの穴が見えますか？」

たしかに、いわれてみれば、ドーナツに穴があることはわかっても、穴それ自体が見えるわけではありません。

男はつづけていいました。

「ねっ。穴《あな》なんてものはあなた、見えないものなのですよ。ドーナツは見えても、ドーナツの穴は見えない。これ、世界の常識《じょうしき》！　そんなことより、早く四万九千九百九十九円、はらってください。」

わたしはいいました。

「わかりました。赤い玄関《げんかん》マット、四万九千九百九十九円で買います。でも、あなた、それが最後の一枚《まい》だっていいましたよね。ということは、穴のなかには、もうじゅうたんは入ってないってことですね。」

「むろん、そうです。」

男がうなずいたところで、わたしは早口でいいました。

「ということは、わたしが最後の一枚を買ってしまえば、もう、持ちはこぶものは何もないわけだから、穴はじゃまになるだけなのでは？」

男がまたうなずきました。

「なるほど、たしかにおっしゃるとおりです。穴のおよその大きさは、直径八十センチ、高さ一メートルですからね。わざわざ持って帰るのは、じゃまといえばじゃまです。」

わたしはマンションの通路に出ました。そして、男が見ているあたりを手でさぐってみました。

たしかにそこには何かがあります。男がいったとおり、直径八十センチ、高さ一メートルくらいの円柱形のものです。

ちらりとのぞいてみると、なかには何も入っていないようでした。

男がうしろからいいました。

「ねっ！　うそじゃないでしょ。もう一枚《まい》も残っていません。」

わたしは男のほうにふりむいて、たずねました。

「この穴《あな》、いくらです？」

男は首をふりました。

「それは売り物じゃありません。」

「だって、じゅうたんを売ってしまえば、もう、穴はいらないじゃありませんか。売ってしまったらどうです。」

「そんなこといったって、あなた、四万九千九百九十九円はらってしまったら、もう一円だってないでしょう。五万円はないっていったじゃありませんか。」

「いいえ。じつは、お金はもう少しあるんです。」

「もう少しって……?」

男がそういったので、わたしは右手のひとさし指をつきだしました。

「あなた、それはいくらなんでも安くはありませんか。いくらもう使わないからって、そんな安くちゃあ……といいたいところですが、まあ、いいでしょう。そのかわり現金《げんきん》ですよ。四万九千九百九十九円と一円、合計で五万円、耳をそろえてはらってくださるなら、じゅうたんも穴《あな》も置いていきましょう。」

わたしは十万円のつもりでした。けれども男は、ひとさし指一本を一円と思ったのです!

わたしはほくほくして、部屋から一万円札を五枚《まい》持ってくると、男にわたしました。

すると、男は三百円の玄関《げんかん》マットを横にずらして、赤いじゅうたんを敷《し》き、

「テシェキュレデリム!」

といいました。それから、

「これは、トルコ語で、どうもありがとうという意味です。これは便利なだけではなく、

ふしぎな言葉ですよ。」

といいたし、穴《あな》をよけるようにして立ち去りました。

わたしは見えない穴を部屋のなかに運びこみました。

こんな便利なものがあれば、なんでもできます。

穴をかぶってしまえば、こちらの姿《すがた》は見えなくなります。かぶって歩けば、足首くらいは見えてしまうかもしれませんが、そこは練習しだいで、なるべく足首を見せないようにすることもできるでしょう。

姿が見えなければ、いろいろなこと

ができます。

どんなことって？　それは人それぞれですからねえ……。ムフフフフ……。

わたしはにやにやしながら、穴《あな》のふちに手をかけ、えいとばかりに穴のなかに入り、しゃがんでみました。

ところが……。

穴のなかからは、穴の入り口から外が見えるだけでした。ほかには何も見えません。穴の壁《かべ》は黒く、透明《とうめい》ではありませんでした。

穴は外から見ると、ドーナツの穴と同じで、そこは何も見えませんが、なかに入れば、壁が見えるのです。大きなドーナツの穴のなかに入ったことを想像《そうぞう》すればわかります。穴のなかから見えるのはドーナツの壁です。

いくらむこうからこちらが見えなくても、こちらからもむこうが見えないのでは、どんな〈ムフフフフ……〉もおこりません。

もちろん、穴に入り、顔だけ穴から出せば、外は見えます。ですが、そんなことをしたら、空中に頭だけあらわれることになり、目立ってしょうがありません。目立ってしまえば、穴《あな》に入る意味はないのです。

そのようなわけで、せっかく手にいれた穴は、まるで役に立ちませんでした。

いいえ、まるで役に立たないというのはいいすぎです。

急にだれかがきたとき、そこいらにあるものをつっこんでおけば、見えなくなり、部屋がかたづいているようには見えます。

まあ、使い道はそれくらいでしょう。

それより、赤い玄関《げんかん》マットですけれど、じつはこれがふしぎなじゅうたんで、これに乗って、なんとなく、

「テシェキュレデリム！」

といったら、じゅうたんが浮《う》いたのです。

つまりそれは空飛ぶじゅうたんだったのです。どうして、〈どうもありがとう〉で宙《ちゅう》

に浮《う》くのかわかりませんけれど。
　ところで、玄関《げんかん》マットの裏《うら》のラベルには、日本語で、
〈このじゅうたんと話をするときは、トルコ語でどうぞ。〉
と書かれていて、玄関マットに乗って、日本語で、
「どうもありがとう！」
といっても、玄関マットはぴくりとも動きません。

ふしぎな島

朝、ベランダでギャーギャーさわいでいる声が聞こえるので、またいつものカラスかと思い、追いはらってやろうと、わたしはリビングルームのカーテンを開けました。すると、そこにいたのはカラスではありませんでした。白いシャツに、やはり白のだぶだぶズボン、トルコ帽《ぼう》をかぶり、赤いベストを着たトルコ人だったのです。

それはうちにトルコじゅうたんの玄関《げんかん》マットを売りにきた男でした。

じつをいうと、その男がほんとうにトルコ人なのかどうかは、わかりません。トルコ帽をかぶり、トルコ語で朝のあいさつをし、トルコじゅうたんの玄関マットを売りにきたので、わたしはその男のことをかってにトルコ人だと思っているのです。

わたしはカーテンだけではなく、床《ゆか》から天井《てんじょう》近くまである窓《まど》を開けました。

「ギュナイドゥン！」

トルコ人がトルコ語で〈おはよう〉をいったので、わたしもあいさつをかえしました。

「ギュナイドン！」

するとトルコ人は立ちあがり、

「あなた、このあいだ教えたでしょう。ギュナイドンではありません。ギュナイドゥン！ ギュナイドンでは、何かの丼物《どんぶりもの》か、さもなければ、鹿児島《かごしま》の人みたいではありませんか。ほら、西郷《さいごう》どんとかいうでしょ。」

といって、わたしの発音をなおしてから、先がとがって上をむいている黒い靴《くつ》をぬぎ、ウッドデッキのベランダにおりました。

ベランダにおりるって、それ、どういうこと？ と思うかもしれません。ひょっとすると、そのトルコ人はベランダの手すりの上にすわっていたんじゃないかって、そう思っても無理はありません。でも、トルコ人はベランダの手すりにすわっていたのでもなければ、もちろん立っていたのでもありません。

トルコ人はベランダから一メートルほどの高さのところに浮《う》いているじゅうたんに、あぐらをかいてすわっていたのです。

わたしは発音に気をつけて、いいなおしました。

「ギュナイドゥン！」

いくら前に一度会っているからといって、人間がひとり、空中に浮いているじゅうたんからおりてきたら、発音なんかなおしている場合じゃないだろう、と、そう思うかもしれませんが、そんなことはありません。

そのトルコ人がすわっていたのは、空飛ぶじゅうたんなのですが、じつをいうと、前にわたしがそのトルコ人から買った玄関《げんかん》マットも、そこにすわって、

「テシェキュレデリム！」

というと、つまり、トルコ語で、〈どうもありがとう〉をいうと、やはり宙《ちゅう》に浮くのです。つまり、空飛ぶ玄関マットなのです。自分のうちにだって空飛ぶ玄関マットがあるのに、そのトルコ人が空飛ぶじゅうたんに乗っていたとしても、そんなにびっくりはしないでしょう。もし、それでびっくりしなければならないとしたら、軽自動車に乗っている人は、

街《まち》で大型のベンツやＢＭＷを見かけるたびに、

「どひゃっ！」

と声をあげて、驚《おどろ》いていなければなりません。

ともあれ、トルコ人はベランダに立つと、部屋のなかをのぞきこんで、

「どうです、あれ、便利でしょう。」

といってから、

「おや？」

と首をかしげました。

わたしが住んでいるのは、マンションの小さな部屋です。ベランダからのぞくと、玄関《げんかん》まで見えてしまいます。

トルコ人は自分が売った玄関マットが玄関に敷《し》いてなかったので、いぶかしく思ったのでしょう。

けれども、考えてもみてください。なにしろ、それはただの玄関マットではないのです。

空飛ぶ玄関マットです。そんな国宝級《こくほうきゅう》のものを玄関に敷くわけがありません。わたしは

その玄関《げんかん》マットを手に入れた次の日、近所のホームセンターにいって、小さなテーブルを買ってきました。玄関マットはその上にひろげてあります。そのテーブルはリビングルームのすみに置いてあります。

わたしはそれを指さして、

「あの玄関マットなら、そこですよ。」

といいました。すると、トルコ人はそちらをのぞきこんでから、たずねました。

「入ってもいいですかね？」

「どうぞ！」

とわたしがうなずくと、トルコ人は、

「それでは、失礼します。」

といって、部屋のなかに入ってきました。そして、玄関マットのところまでいくと、右手でそれをそっとなでてから、わたしのほうにふりむいて、いいました。

「どうです、これ、便利でしょう。四万九千九百九十九円では安かったでしょう。ちゃんと使っていますか？」

「まだ練習中なんですよ。なにしろ、トルコ語でいわないと、こちらの気持ちがつたわらないもので。うちにある電子辞書《でんしじしょ》に、おまけみたいについている旅行用のトルコ語の辞書では、不十分なのでしょうか。いまのところ、部屋のなかで、あがったりさがったり、右にいったり、左にいったり……と、そんなことくらいしかやっていません。」

「なるほどねえ、それでは、こっちのほうはどうです。」

トルコ人はそういうと、テーブルのとなりにあるものに手をかけました。

それは、直径八十センチ、高さ一メートルほどの〈穴《あな》〉です。

「それは、あんまり使い道がありません。」

わたしがそういうと、トルコ人はにやにや笑って、いいました。

「それは、あなた。よからぬ目的に使おうとしているからではありませんか。」

それはたしかにトルコ人のいうとおりでしたが、わたしはむきになって、首を左右《さゆう》にふりました。

「そんなことはありません！」

けれども、トルコ人はそんなことはとりあわずに、こういったのです。

「わたしね、このあいだ、宅地建物取引主任《たくちたてものとりひきしゅにん》の免許《めんきょ》をとったのですよ。」

ともあれ、穴《あな》からほかのことに話題がうつり、わたしはほっとしてたずねました。

「なんです、その宅地建物なんとかっていうのは？」

「知りませんか？　不動産の取り引きをするのに、必要な免許です。」

「なるほど、それで？」

「それでって、きまってるじゃないですか。わたしがこうして、宅地建物取引主任の免許をとって、お宅《たく》におじゃましてるんですよ。そうしたら、目的はわかりそうなものじゃないですか。」

「この部屋を買いにきたとか？」

いっておくと、その部屋は借りて住んでいるのではありません。まだ、ローンはたくさん残っていますが、わたしが買って、住んでいるのです。もちろん、中古で買ったものです。買ったとき、ベランダはむきだしのコンクリートでしたが、特別注文で、ウッドデッキにしてもらいました。わたしは、そのウッドデッキが気にいっていて、夏の夕方なんか、ホームセンターの特売で買った小型流しそうめん器で、ひとりでそうめんを食べます。トルコ人がベランダにおりるとき、靴《くつ》をぬいだのは、そのウッドデッキを見たからでしょう。ウッドデッキはともかく、トルコ人はわたしのうちにはあまり興味《きょうみ》がないようでした。

それでもいちおう、部屋をぐるりと見まわして、

「だって、あなた。この部屋を売ってしまったら、住む場所がなくなってしまうんじゃないですか？　わたしはあなたの部屋を買いにきたのではありません。わたしはあなたに、最優良物件《さいゆうりょうぶっけん》を売りにきたのです。」

といってから、いったんベランダに出ました。そして、まだそこに浮《う》いていたじゅうたんの上から、まるく筒《つつ》にした大きな紙を持ってきて、空飛ぶ玄関《げんかん》マットの上にひろげました。

それは地図でした。ひょっとすると、海図というのかもしれません。房総《ぼうそう》半島と三浦《みうら》半島にかこまれた東京湾《とうきょうわん》が描《えが》かれていました。

その東京湾の一点を指さし、トルコ人はこういったのです。

「この島を買いませんか？」

わたしはびっくりして、トルコ人の指先から、顔に目をやりました。

「し、島ですって……。」

ところが、トルコ人はどうしてわたしが驚《おどろ》くのかわからないというふうに、ごくあたりまえのことのように、

「そうですけど……。」

といい、紙をくるくるまいて、もとの筒《つつ》にしまいました。それから、それをかかえ、

「それじゃあ、いまからその島にいってみましょう。」

と、これまたあたりまえのようにいって、先に立って、ベランダに出ていってしまいました。

「ちょ、ちょっと待ってください。わたしはそんな島なんかには……。」

といいながら、わたしがトルコ人を追って、ベランダに出ると、トルコ人はもう空飛ぶじゅう

たんの上であぐらをかいています。そして、

「ええと、こういうのを日本語でなんていうんでしたっけ？　そうそう、〈百分は一分より長し。〉でした。」

といいました。

わたしはトルコ人のまちがいに気づき、さっきトルコ語の発音をなおされたしかえしに、

「なんです？　〈百分は一分より長し。〉ですって？　それをいうなら、〈百聞《ひゃくぶん》は一見《いっけん》にしかず。〉ですよ。」

といってやりました。

すると、トルコ人は平気な顔でいいました。

「そんなこと、わかってますよ。冗談《じょうだん》で、〈百分は一分より長し。〉と、ことわざっぽくいっただけです。百分が一分より長いのはあたりまえじゃないですか。そんなことわざはありません。それくらい、冗談だって、わかりそうなものじゃないですか。」

「ほんとうに、〈百聞は一見にしかず。〉を知っていたんですか？」

わたしの疑《うたが》わしげないいかたに、トルコ人はあたりまえのように答えました。

「もちろんですよ。〈百聞《ひゃくぶん》は一見《いっけん》にしかず。〉は有名なことわざです。同じようなことわざは英語にもドイツ語にもあります。もちろん、トルコ語にもです。トルコでは、〈百聞は一見にしかず。〉を〈イスタンブールの美しさは月の裏側《うらがわ》からではわからない。〉というのです。」

「へえ、そうなんですか。〈イスタンブールの美しさは月の裏側からではわからない。〉っていうんですか。なるほどねえ……。」

ついわたしが感心してしまうと、トルコ人は、

「冗談《じょうだん》ですよ。そんなふうにはいいません。」

といってから、わたしをせかしました。

「それより、早く島にいきましょう！」

それで、わたしが、

「そんなことといったって、わたしは島なんか買いませんよ。だいいち、そんなお金はありません。」

というと、トルコ人は大きくうなずきました。そして、

「だいじょうぶ、だいじょうぶ。ローンがあります。」

といってから、

「それで、第二は？」

といいました。

わたしはトルコ人のいったことの意味がわからず、ききかえしました。

「第二って……？」

トルコ人はいくらか首をかしげて、いいました。

「だって、あなた。いま、第一っていったでしょ。第一の理由はローンで解決《かいけつ》されます。それで、第二の理由は？」

「だいいちっていったのは、なによりもまずという意味でいったのであって、第二の理由があるわけではありません。」

「それなら、もう島を見にいかない理由はありませんね。見て、いやだったら、買わなければいいだけの話ではありませんか。それに、あなた。どうせ、あれでしょ？」

「あれって？」

「つまり、あなた。きょう、とくに用事があるわけではないでしょ。おひまなんでしょ。」

たしかにトルコ人のいうとおり、その日、わたしは用事がなく、ひまにはちがいありませんでした。おひる近くになったら、公園にでも散歩にいこうかなあと思っていたくらいに、ひまでした。

「そりゃあ、まあ……。」

とわたしが口ごもると、トルコ人は空飛ぶじゅうたんを右のてのひらでポンポンと軽くたたきました。すると、空飛ぶじゅうたんはすっとさがり、ベランダの床《ゆか》から三十センチくらいの高さになりました。

空飛ぶじゅうたんがぴたりと止まったところで、トルコ人はいいました。

「さあ、乗った、乗った！　あなたね、ヘリコプターをチャーターして、東京上空を三十分飛んだら、いくらかかるか知っていますか。」

「いいえ、知りませんけど。」

「わたしも知りませんが、千円や二千円でないことだけはたしかです。もっと高いはずです。それがあなた、こんな天気のいい日に、ただで、東京上空だけではなく、東京湾《とうきょうわん》上空までも、遊覧飛行《ゆうらんひこう》ができるのですよ。しかも、エンジンが止まってしまえばもう、あとは墜落《ついらく》しかないというような危険《きけん》きわまりない乗り物ではなく、絶対《ぜったい》安全な空飛ぶじゅうたんに乗ってです。こんなすばらしい体験がただでできることなんて、そうめったにある機会ではありませんよ。」

たしかにそれはそのとおりだ……、と、ついわたしは思ってしまいました。それに、トルコ人といっしょに、空飛ぶじゅうたんに乗れば、うちの空飛ぶ玄関《げんかん》マットの運転のこつも、少しはわかるかもしれない、と、そうも思ったのです。

トルコ人にわたしの心の動きがわかってしまったのかもしれません。トルコ人はにいっと笑いました。

「そうそう。あなたの玄関マットも、つれていきましょう。あれは、疲《つか》れたときには、ベンチのかわりになるし、雨がふれば、傘《かさ》のかわりにもなりますからね。くるくるっとまるくして、ひもでしばって、しょっていけば、荷物にもなりませんよ。どうぞ、このひもをお使いください。」

トルコ人はそういって、赤いベストのポケットから茶色いひものまるい輪を出しました。

「そうですか。それじゃあ……。」

とわたしはひもを受けとってしまいました。それで、部屋のなかにもどると、テーブルの上の玄関《げんかん》マットをまるくして、ひもでしばり、さらにあまったひもでしょえるようにしました。

しばった玄関マットをしょって、ベランダに出ると、トルコ人はいいました。

「さあ、乗った、乗った！」

わたしはベランダの窓《まど》を閉《し》め、

「それでは失礼して……。」

といい、空飛ぶじゅうたんに乗りました。

どんな布《ぬの》かは知りませんが、空飛ぶじゅうたんは布でできているにちがいありません。それで、乗るときに、ちょっとは沈《しず》んだりするかなと思いましたが、足にやわらかい感《かん》触《しょく》がつたわってきはしたものの、まるで鉄板の上に乗ったように、空飛ぶじゅうたんはぴくりとも動きませんでした。

「わたしのうしろにあぐらをかいて！」

トルコ人がそういったので、わたしはいわれたとおりにしました。

そのとき、わたしはトルコ人の足を見て、自分が靴《くつ》を持ってこなかったことに気づきました。いつはいたのか、トルコ人は先がとがって、湾曲《わんきょく》している靴をはいています。

「あっ、靴を持ってこなくちゃ。」

わたしがそういって、立ちあがろうとすると、トルコ人がいいました。

「靴なんて、どうにでもなりますよ。だいじょうぶ、だいじょうぶ。」

それから、トルコ人は、

「テシェキュレデリム！　さあ、パザル。飛んで、あの島にいこう！」

といいました。

パザルって……、とわたしが思っているうちに、空飛ぶじゅうたんが浮《う》きあがりました。

そして、ベランダの高さよりいくらか高いところまであがると、そのまま横にスライドしました。

真下に、マンションの一階の住民用の専用庭が見えました。

ついでにいっておくと、わたしの部屋は五階です。

ベランダから一メートルほどはなれると、空飛ぶじゅうたんは垂直上昇《すいちょくじょうしょう》に入りました。

たちまち、うちのマンションが小さくなっていきます。
そのときになって、わたしはへんだなと思いました。
ときどきわたしは気ばらしに、マンションの屋上にいくことがあります。ところが、マンションの屋上というのは、けっこう風が強かったりするのです。その屋上だって、もうずいぶん下のほうに見えるのに、つまり、ずいぶん高いところまできたはずなのに、風がないのです。
それだけではありません。それから数秒後、空飛ぶじゅうたんは水平飛行

に入りましたが、まるで風が体にあたらないのです。いくら、わたしの前に、トルコ人がすわっているからといって、風が顔や体にあたらないのはへんです。

わたしはトルコ人の背中《せなか》にむかって、いいました。

「風もあたらないし、ゆれませんね。」

トルコ人はふりむいて、答えました。

「だからいったでしょ。パザルはそのへんのアメリカ製《せい》のヘリコプターとはちがうんですよ。つまりですね。地球がどんなに速いスピードで、太陽のまわりをまわっても、わたしたちにはそんなことは感じられないでしょ。それと似《に》たようなものですよ。つまり、地球に乗っていて、ふりおとされることがないように、パザルもまた安全なのです。」

パザルというのはたぶん、この空飛ぶじゅうたんの名前なのだと、わたしは思いました。

前を見ようと、体をずらしたとき、東京湾《とうきょうわん》の地図だか海図だかの筒《つつ》が、トルコ人の右に置いてあるのがわかりました。べつに、トルコ人が手でおさえているわけでもないのに、筒は飛んでいってしまうどころか、ぴくりとも動きません。

トルコ人の肩《かた》ごしに前を見ると、東京タワーのむこうに、海が見えました。

空飛ぶじゅうたんのパザルの時速がどれくらいなのか、なにしろ空の上なので、まるで見当がつきませんでした。

やがてレインボーブリッジを横ぎると、空飛ぶじゅうたんは向きをかえ、海岸にそって、南下をはじめました。

しばらくして、羽田空港が見えだしたころ、パザルは弧《こ》を描《えが》きながら、九十度左に方向をかえました。そして、少しずつ高度をさげていきました。

じっさいに計ったわけではないので、それが正しい数値《すうち》かどうかわかりませんが、海上十メートルくらいまでさがると、パザルはスピードを落としはじめました。やがて、パザルは空中で停止《ていし》し、垂直《すいちょく》にさがりはじめました。そして、じゅうたんのへりに腰《こし》かけて足をなげだせば、つまさきが海面につくくらいのところまできて、止まりました。

そのときになって、気づいたのですが、さっき上空から見ていたとき、海には白い波が立っていたのに、いま、真下を見ると、波があるどころか、まるでバケツにくんだ水のように、海がたいらです。海なんていうものは、べたなぎ、なんていっても、ほんの少しは海面がゆれているものです。それなのに、そんなことはなく、まったいらなのです。

まわりはどうなっているのかと、わたしはあたりを見まわしました。すると、わたしたちがいるところを中心にして、四方八方、何十メートルか先は、波が立っています。それどころか、まるで、岸壁《がんぺき》に波があたっているみたいに、白い水しぶきをあげているではありませんか。

いったい、これはどういうことだろう……。

わたしがそんなふうに思っていると、トルコ人は立ちあがり、パザルの上から空中に一歩足をふみだしました。

高さがせいぜい五十センチくらいしかなくても、そんなことをしては、海に落ちてしまいます。

「あっ！」

とわたしは声をあげましたが、トルコ人は海に落ちるどころか、パザルと同じ高さの空中に立っています。そして、

「どうぞ、あなたもおりてください。なかなかいい島でしょう。」

といったのです。

「いい島って……。」

といいながらも、わたしは立ちあがり、おそるおそる、トルコ人がしたように、パザルから一歩足をふみだしました。すると、まるで、パザルが地面の上に敷《し》いてあって、そこから一歩出たときのように、わたしは海に落ちることもなく、片足《かたあし》をパザルの上に、もう片足を空中に置いて、立っていることができました。それから、パザルの上の足をあげ、もう一歩、歩いてみましたが、まるでわたしは大地を歩いているようでした。そのとき、わたしは、はだしでしたが、足の裏《うら》の感触《かんしょく》は、岩というよりは土の地面に立っているとき

のようでした。

わたしはトルコ人の顔を見て、いいました。

「これ、どういうことです？」

トルコ人はあたりまえのように答えました。

「ここが島です。」

「島って……。」

とつぶやいてから、わたしは、

「たしかに、海ではなく、地面の上にいるような感じはしますが。ぜんぜん見えないじゃないですか。」

といいました。

「もちろんです。だって、わたしがあなたに買っていただこうとしているのは、見えない島なのですからね！」

トルコ人はそういいましたが、もし、透明《とうめい》なプラスチックで巨大《きょだい》な箱《はこ》を作り、それを海に浮《う》かべて、その上に立ったら、こういうことになるだろうというような状態《じょうたい》です。足もとの海面がたいらに見えるのは、沖縄《おきなわ》なんかのリゾート地にあるようなグラスボートで、アクリルだかガラスだかの透明《とうめい》な船板ごしに、海中を見るのと同じ原理なのです。なにしろ島の売り手は、空飛ぶ玄関《げんかん》マットやきみょうな穴《あな》を売る男なのです。売るといっている島が目に見えないことくらい、じゅうぶんに予想できたはずです。

それはともかく、見えないと島の大きさがよくわかりません。たしかに、四方をながめれば、先のほうで、波がしぶきをあげていますから、そこが島の終わりなのでしょうが。

わたしがだまって、そのしぶきを見ていると、トルコ人が唐突《とうとつ》にいいました。

「あなた、あんパンをごぞんじですか？」

「あんこの入っている菓子《かし》パンのことなら、知っていますけど。」

わたしがそう答えると、トルコ人はこういいました。

「あんパンをごぞんじならば、話は早い。あなた、直径三十メートルの、大きくて、透明なアンパンを想像《そうぞう》してみてください。そして、それが想像できたら、その大きなアンパンが海に浮《う》いているところを思いうかべてください。それこそが、この島なのです。わたしたちが立っているのは、その大きなアンパンのまんなかあたりです。ですから、ほぼたいらになっていますが、海辺にむかっては、なだらかな斜面《しゃめん》になっています。柵《さく》などはありませんから、お買いあげになっても、なれるまでは、海岸に近よらないほうが無難《ぶなん》です。」

「これが見えない島だっていうことはよくわかりましたが、べつに、買うとはいっていません。」

わたしがきっぱりとそういうと、トルコ人もきっぱりといいかえしてきました。

「ですが、あなたは買わないとも、おっしゃっていない！」

「買いませんよ！　いったい、こんな島、何に使うんですか？」

わたしがそういうと、トルコ人はいかにも心外だといわんばかりに、眉《まゆ》をひそめ、というより、両方の眉をぎゅっと鼻の上に集め、

「あなたね……。」

といってから、眉をもとにもどしました。そして、こういったのです。

「わたしは島を売る人で、あなたは島を買う人です。何に使うかは、売る人がきめるのですか？　買う人がきめるのです！　ですから、この場合、島の使い道はあなたがきめることであって、わたしの問題ではありません。」

たしかに理屈《りくつ》は合っている……、と、あやうくわたしは思ってしまうところでした。トルコ人の理屈は、わたしが島を買うということが前提《ぜんてい》になっています。わたしは島を買わないのですから、島の使い道はわたしの問題ではありません。

「ですから、わたしは、島を買う気持ちはないといっているでしょうが！」

わたしが語調を強くしてそういうと、トルコ人は、

「そうですか、それは残念ですね。あなたのようなかたに、この島はぴったりだと思ったんですけどね。しかし、わたしは押《お》し売りではありません。しかたがありませんね。それなら、帰りましょう。パザルに乗ってください。」

といってから、ため息をつきました。そして、そのあと、ひとりごとのように、こういったのです。

「ほんとうに残念だなあ。たったの四万円なのになあ……。」

四万円ときいて、わたしの心が動きました。

わたしはいいました。

「よ、四万円ですって？　この見えない島、四万円なんですか。月々四万円で、百年ロー

ンなんていうんじゃなくて？」

「いえ、月々のローンが四万円ではなく、四万円ポッキリです。島だから、しまんだなんてね。ローンを使うなら、月々四百円で百回ばらいです。あなたには、空飛ぶ玄関《げんかん》マットと穴《あな》を買っていただいていますから、ゴールド会員あつかいということにさせていただき、利息《りそく》とローン手数料はなしにしますよ。」

四万円なら、うちに帰れば、あります。

じつをいうと、わたしには、値段《ねだん》がものすごく安いと、必要のないものでも買ってしまうところがあります。

次の瞬間《しゅんかん》、わたしはこういっていました。

「いいでしょう。この島、四万円で買いましょう！　現金《げんきん》で！」

「それでは、商談成立！」

とトルコ人はいってから、

「しかし、契約《けいやく》の前に、ご説明しておかねばならないことがいくつかあります。いわゆる説明義務《せつめいぎむ》というやつです。それを聞いていただいてから、あなたのおうちにもどり、契約

いたしましょう。」

といいたしました。そして、いいにくそうにこういいました。

「この島は、じつは浮島《うきしま》でして、一か所に止まっていないのです。とはいえ、せいぜい動いても、東京湾《とうきょうわん》のなかだけですけどね。」

「島が動いてしまっては、どこにあるかわからなくなってしまいますよね。地図だか海図だか知りませんが、そんなものを見ても、意味がないではないですか。」

わたしが口をはさむと、トルコ人は答えました。

「地図ではなく、海図です。それはとも

かく、意味はあるのです。どこにこの島がいっているかは、ここに持ってきた海図を見ればわかります。この海図はただの海図ではありません。島が動けば、海図上の島も、それに合わせて、移動《いどう》するのです。ですから、いまどこに島があるか、海図を見ればわかります。もちろん、島を買っていただければ、この海図もつけます。それからね、島が動くということは不便に思われるかもしれませんが、いい面もあります。この島は、ただ動くだけではありません。ここに島があることに気づかず、船がぶつかってこようとすると、その船をよけるんですよ、この島は！」

それからトルコ人は、さらにこうつけたしました。

「それにね、この島はごらんのとおり、目に見えないでしょ。でもね、ただ島が見えないだけではないんですよ。この島にいると、外から、島だけじゃなくて、島にいる人間や、島に置いてあるものまで、まるで見えないのです。あなたが持っている穴《あな》と原理は似《に》ています。もっとも、いまは島には何もありませんけどね。」

「なるほど、ここにいれば、だれにも見つからないし、何かがぶつかってこようとしても、島がよけてくれるということですね。」

「そのとおり！　それでは、重要事項《じゅうようじこう》の説明は終わりました。あなたのうちにいって、契約《けいやく》しましょう！」

トルコ人はそういうと、先にパザルに乗って、あぐらをかきました。つづいて、わたしも乗り、トルコ人のうしろにあぐらをかきました。

「テシェキュレデリム！　さあ、パザル。飛んで、この人のうちにもどろう！」

トルコ人がそういうと、パザルは垂直《すいちょく》に上昇《じょうしょう》し、かなり高いところまでくると、あとは水平飛行で、ほとんど一直線でわたしのうちのベランダにもどってきました。

わたしが部屋に入ると、あとからトルコ人がついてきました。

契約といっても、わたしがトルコ人に四万円はらって、トルコ人がわたしに領収証《りょうしゅうしょう》をくれるだけというものでした。

契約のあと、トルコ人は、わたしが出した紅茶《こうちゃ》を飲みおわって、ベランダに出ていこうとし、そこで立ちどまって、ふりむきました。

「ところで、あなた。あの島までは、あなたの空飛ぶ玄関《げんかん》マットでいきますか？」

トルコ人にそういわれて、わたしはまだ玄関マットをしょっていたことに気づきました。

それはともかく、ほんとうにうかつなことには、じつをいうと、わたしは、島へどういうふうにいくか、考えていませんでした。トルコ人の言葉で、ああ、そうか、あそこにいくには、空飛ぶ玄関《げんかん》マットに乗っていくしかないなあ、と、そのときに気づいたのです。

「そうするしかないでしょう。」

わたしがそういうと、トルコ人は、

「そういうことになるだろうと思って、わたしはきょう、あなたのチャルシャムバを島につれていくようにすすめたのです。一回いっていれば、たとえ場所がいくらか変わっても、チャルシャムバは東京湾《とうきょうわん》であの島をかんたんに見つけることができるでしょう。けれども……」

といってから、少し間をおき、

「わたしのパザルは日本語がわかりますから、乗って、これはきまりですから、まずトルコ語で、『〈テシェキュレデリム！〉』といってから、あとは日本語で、『さあ、パザル。飛んで、あの島にいこう！』といえば、島につれていってくれますが、あなたのチャルシャムバはまるで日本語がだめですからねえ……。」

といい、腕《うで》をくんで考えこんでしまいました。

どうやら、チャルシャムバというのは、わたしの玄関《げんかん》マットの名前のようです。

トルコ人はしばらく、腕をくんでいましたが、やがて、腕をほどいて、いいました。

「あなた、トルコ語、勉強しますか？　アラビア語やペルシャ語とちがって、アルファベットを使いますから、そんなにむずかしくはありませんけど。」

「トルコ語ですかあ……？」

と、今度はわたしが考えこんでしまう番でした。

トルコ語といえば、わたしはトルコ人からならった、〈おはよう〉の〈ギュナイドゥン〉と〈どうもありがとう〉の〈テシェキュレデリム〉、それから、上下左右《さゆう》をあらわす四つの単語しか知りません。しかも、〈ギュナイドゥン〉などは、いくらおぼえても、〈ギュナイドン〉になってしまうくらいなのです。勉強しても、できるようになる自信はまるでないし、それに、どこでならったらいいのかも、わかりません。

「ちょっとそれは無理かも……。」

わたしがそういうと、トルコ人は小さなため息をついてから、いいました。

「しかたがありませんね。こうなったら、チャルシャムバに日本語を教えましょう。あなた、トルコ語で、日本語を教えることができる人をどなたかごぞんじですか？」

そんな知り合いはいないので、わたしは首をふりました。

「いいえ。そういう知り合いはいません。」

「では、わたしのいとこがイスタンブールで、日本語教師《きょうし》をやっていますから、いとこにたのみましょう。わたしがたのめば、格安《かくやす》で、チャルシャムバがかんたんな日本語を理《り》解《かい》するようにしてくれるでしょう。ですが、格安といっても、いくらかはかかりますよ。そうですね、十万円はらっていただかないと……。」

「だけど、あの島が四万円なのに、あの島にいくために、玄関《げんかん》マットにかんたんな日本語を教えるのが十万円とは、高すぎやしませんか。」

わたしの言葉に、トルコ人はきっぱりといいました。

「それはあなた、心得《こころえ》ちがいもはなはだしい。教育には、てま、ひま、そして、金がかかるのです。これ、世界の常識《じょうしき》です。十万円で、チャルシャムバが日本語を理解するようになれば、あなた、チャルシャムバに乗って、ただで、どこへでもいけるようになるのですよ。あの島以外の場所にもです！」

わたしは、トルコ人のいうことはなるほどもっともだと思い、十万円、はらうことにしました。でも、その日、あいにくうちにはそれだけの現金《げんきん》がなかったのです。そこで、わたしは、

「よくわかりました。でも、いま、うちには十万円、ないんです。」

といいました。すると、トルコ人は、

「それなら、きょう、わたしはあなたのチャルシャムバをいとこのところにつれていき、ちょうど一か月後に、またここにつれてきます。そのときに、十万円はらってください。それで、どうでしょう。」

と提案《ていあん》してきました。

わたしは同意し、背中《せなか》から玄関《げんかん》マットをおろし、トルコ人にわたしました。トルコ人は玄関マットをかかえ、ベランダに出ると、パザルに乗って、飛んでいってしまいました。

約束どおり、一か月後、トルコ人は玄関マットのチャルシャムバを持って、またベラン

ダにあらわれました。
「あなたがタクシーに乗って、運転手に話すていどの日本語は理解《りかい》できるようになってい
ます。ただし、最初にかならず、『テシェキュレデリム！』といい、それから次に、『さ
あ、』といって、それから、名前を呼《よ》んで、どこへいきたいかをいってください。」
トルコ人がそういって、ウッドデッキのベランダにわたしの玄関《げんかん》マット、チャルシャム
バを敷《し》いたので、わたしはその上にすわり、
「テシェキュレデリム！　さあ、チャルシャムバ。ベランダから外に出てみよう！」
といってみました。すると、チャルシャムバはわたしを乗せたまま、ふわりと浮《う》いて、ベ
ランダの外の空中に出たのです。
せまいことを別にすれば、安定感は空飛ぶじゅうたんのパザルとほとんど変わりません。
わたしが身をのりだして、下を見ても、グラリとかたむくなんてことはありませんでした。
最初の屋外テスト飛行はそれくらいにして、わたしが、
「テシェキュレデリム！　さあ、チャルシャムバ。ベランダにもどろう！」
というと、チャルシャムバはベランダのウッドデッキに着陸《ちゃくりく》しました。

もちろん、わたしは用意しておいた十万円をトルコ人にはらいました。

トルコ人が帰ったあと、わたしは夜中になるのを待ち、ベランダで玄関《げんかん》マットに乗り、

「テシェキュレデリム！　さあ、チャルシャムバ。飛んで、近所のコンビニにいこう！」

といってみました。すると、チャルシャムバはいちばん近いコンビニの駐車場《ちゅうしゃじょう》まで飛んでいきました。そこで、すぐに、

「テシェキュレデリム！　さあ、チャルシャムバ。飛んで、うちに帰ろう！」

というと、チャルシャムバはちゃんとわたしをうちまで乗せてきてくれました。

夜中まで待ったのは、もちろん人に見られないようにするためです。

それからどうなったかというと、ときどきわたしは、チャルシャムバに乗って、あの見えない島にいきます。そして、一時間くらい、島でのんびりして、帰ってきます。いまのところ、島にはビーチチェアと小さなテーブルがひとつずつ置いてあるだけです。もちろん、わたしが運びこんだものです。なにしろ、わたしのチャルシャムバは玄関マットですから、広くありません。ビーチチェアとテーブルは別々に、両手でかかえて運びました。いつか、芝生《しばふ》を敷《し》いて、できれば、やしの木を一本、植えようかと思っています。

あのふしぎな島には、もっと別の用途《ようと》があるはずだと思うのですが、いまのところ、のんびりする以外の使い道は見つかっていません。

ふしぎな電気雲

ふしぎなものというのは、最初はふしぎでも、なれてくると、まるでふしぎではなくなってきます。玄関《げんかん》マットなどは、たとえばホームセンターなどにいって、何枚《なんまい》もかさねて売られているのを見たとき、つい、こんな飛ばない玄関マットなんて、買う人がいるんだろうか……などと思ってしまうくらい、玄関マットが飛ぶことはあたりまえになります。

そういう意味では、電気なんかもそうです。壁《かべ》のスイッチを入れれば、天井《てんじょう》の蛍光灯《けいこうとう》がつくことをふしぎがる人がいるでしょうか。でも、電気を知らない人が見れば、電気はふしぎのかたまりみたいなものです。

そうそう、電気といえば、わたしはこのごろ、電気料金について疑《うたが》っています。電気料金は毎月、電気会社の人がメーターを見にきて、今月はこれだけ使っていますという紙を置いていきます。それで、しばらくすると、銀行預金《ぎんこうよきん》からその金額《きんがく》が電気会社に支払《しはら》われるしくみです。でも、わたしがほんとうに、それだけ電気を使ったかなんて、わかりません。メーターだって、正確《せいかく》に動いているかどうか、わかったものではありません。

きょうは、エアコンを二時間つけて、テレビを一時間見たから……というふうに、使った電気をメモしている人なんていないと思います。かりにメモをしたとしても、冷蔵庫《れいぞうこ》なんか、スイッチが入ったり切れたりしますから、使った電気のはかりようがありません。

そんなふうにして、ある朝、わたしは電気料金の明瞭《めいりょう》さについて疑《うたが》いを持ちつつ、マンションの入口にある電気メーターを見ていました。すると、そのとき、わたしはうしろから、いや、正確にいうと、左ななめうしろから、きゅうに声をかけられたのです。

「ギュナイドゥン！」

その声はあのきみょうなトルコ人です。

わたしはふりむいて、

「ギュナイドン！」

とあいさつをかえしてから、すぐに発音のまちがいに気づき、

「ギュナイドゥン！」

といいなおそうとしましたが、そのときにはもうトルコ人は、

「あなた。何回おしえたら、わかるのですか。ギュナイドンではありません。ギュナイドゥンです。ギュナイドゥン！」

と、わたしのまちがいを訂正《ていせい》しました。

〈ギュナイドゥン〉というのは、トルコ語で、〈おはよう〉です。

トルコ人はつづけていいました。

「あなたね、〈ドゥン〉と〈ドン〉はちがいます。たとえば、ちょっとにぶい人のことを、『鈍感《どんかん》なやつだなあ。』といったとします。そのとき、口をとがらせて、『どぅん感なやつだなあ。』といったら、いわれた人はちょっとにぶいだけではなく、人間的にまるでだめなやつだといわれたみたいな、そんな気持ちになりますよ、きっと。つまりですね、〈ドン〉にはない鋭《するど》さのようなものが〈ドゥン〉にはあって、なにしろ、『おはよう。』は『おやすみなさい。』ではないわけですから、朝のあいさつには、そういう鋭さがどうしても必要なのですよ。」

「そうでしょうか……。」

と小声でいったわたしの言葉にはかまわず、トルコ人はわたしの横にきて、電気メーターにちらりと目をやってから、いいました。

「あなた、このメーターを疑《うたが》っていますね。もしかして、あなた、不当に高い電気料金を電気会社にうんだくられているのではないかと思っているのでは？」

わたしは、トルコ人の日本語のまちがいをすぐに指摘《してき》しました。

「『うんだくられている』ですって、それ、なんです？　それをいうなら、『ふんだくられている』でしょう！」

すると、トルコ人はいかにもあきれたというふうに、わたしを横目で見て、

「いやですねえ、教養《きょうよう》のない人間は……。」

とつぶやいてから、ため息をひとつつきました。そして、いいました。

「あなた、まだ朝ごはんを食べているお宅《たく》もある時刻《じこく》ですよ。〈ふん〉なんていう言葉は食事時にふさわしくないから、わたしはあえて、発音をあいまいにし、『うんだくられている』といったのです。それくらい、わかりませんかね。」

わたしがとっさにいいかえす言葉を思いつかずにいると、トルコ人はいいました。

「まあ、そんなことはどうでもいいでしょう。それより、商売の話をいたしましょう。」

トルコ人はまた何かを売りにきたようです。

何かおもしろそうだったり、便利だったりするものなら、わたしは買ってもいいと思いました。なぜなら、トルコ人の商品で、あとから消費者《しょうひしゃ》センターに苦情《くじょう》をいいたくなるようなものは、いままでにひとつもなかったし、値段《ねだん》だって、高くはないどころか、すごく安いといってもいいくらいです。

わたしは、いったいトルコ人は何を持ってきたんだろうと思いました。そこで、

「そういうことでしたら、部屋のなかで話しましょう。」

とさそいながら、トルコ人の両手に目をやりました。けれども、トルコ人は何も手に持っていませんでした。

トルコ人は、

「いいえ、きょうはここでけっこうです。」

というと、マンションの通路の手すりにつかまって、身をのりだしました。そして、右手を高くあげ、指をパチリと鳴らすと、

「おおい、ペルシェンベ！　こっちだ！」

と声をかけました。

するとと、何か白いものが上から落ちてきました。それをトルコ人は右手でキャッチして、ふところから細い棒《ぼう》を出し、それにさして、わたしの前につきだしました。

それは割《わ》り箸《ばし》にささった白いわたあめでした。というより、わたしにはわたあめに見えました。

わたしはいいました。

「わかった！　それ、ふしぎなわたあめでしょう。いくらなめても、なくならないっていうんじゃないですか？」
わたしの言葉に、トルコ人は、またもや、いかにもあきれたというふうに、わたしを横目で見ました。そして、ため息をひとつついてから、いいました。
「ふしぎなわたあめですって？　いくらなめても、なくならないですって？　まあ、もし、そういうものがあったとしても、あなた、それ、ほしいですか？　あなたは、一日中、へらないわたあめをなめていたいと思うほど、たいくつな人生を送っているのですか？」
「べつに、そういうわけじゃあ……。」

とわたしが口ごもると、トルコ人はわたあめのようなものをわたしの目の前につきだして、宣言《せんげん》するようにいいました。

「これは、ペルシェンベという名の、ふしぎな電気雲です！　どうです？　あなたはお得《とく》意様《いさま》ですから、三万円にしておきますよ。これをお使いになったら、あなたは、三万円なんて、ただみたいだったなあ、と、あとでそう思うにちがいありません。」

「ふしぎな電気雲って、なんです、それ？」

　わたしがたずねると、トルコ人は、

「ちょっと失礼。」

といって、わたしの部屋のドアを開けました。そして、玄関《げんかん》を入ったところの壁《かべ》にある電気のブレーカーのほうに、わたあめみたいなものをさしだし、

「テシェキュレデリム！　さあ、ペルシェンベ。おまえの力を発揮《はっき》する時がきた！」

といいはなちました。

　すると、わたあめみたいなものは割《わ》り箸《ばし》からすっとはなれ、小さな雲のようにひろがって、ブレーカーをおおいかくしたのです。

トルコ人はわたしにいいました。

「お宅《たく》の電気製品《でんきせいひん》をすべて、スイッチ・オンしてください！」

わたしはいわれたとおり、家中の照明器具《しょうめいきぐ》をぜんぶつけて、換気扇《かんきせん》をオンにし、エアコンもオーディオもテレビもビデオもぜんぶ、稼働《かどう》させました。

そのあいだに、トルコ人はマンションの通路に出ていき、外からわたしを呼《よ》びました。

「ちょっと、出ていらっしゃい。そして、これを見てください。」

わたしが外に出ると、トルコ人は電気のメーターを指さしていました。

わたしは電気のメーターを見て、首をかしげました。

これだけ電気を使っていれば、メーターについている円盤《えんばん》がくるくるまわるはずなのに、円盤はぴたりと止まっています。

トルコ人はいいました。

「ペルシェンベは発電力を持った雲なのです。あなた、三万円を一度はらえば、もうこれからは、電気料金はただです。もっとも、基本料金《きほんりょうきん》をはらい、電気会社との契約《けいやく》はそのままにして、たまにちょっと使ってお茶をにごしておけば、電気会社もあやしみません。

もっとも、あやしまれたからって、どうということはありませんが、やましいことがなくても、あやしまれるのを日本人はきらいますからねえ。」

「買います！　買います！　買います！」

よく、ふたつ返事といいますが、わたしは、〈買います！〉を三度もいって、すぐに、財布《さいふ》をとりにいき、玄関《げんかん》で待っていたトルコ人に三万円をはらいました。

トルコ人はわたしから一万円札を三枚《まい》受けとると、それをズボンのポケットに入れました。そして、

「あなたはかしこい消費者《しょうひしゃ》です。こんなにすばらしい雲はありませんよ。ペルシェンベはね、ただの発電雲ではないんですよ。なにしろ、雲ですからね。大気中の湿気《しっけ》を吸収《きゅうしゅう》したり、また、放出したりします。ですから、あらかじめ湿気をいっておけば、その湿度をずっと保《たも》ちます。それにね、ノーメンテナンスですからね。この金属棒《きんぞくぼう》をびんにさしておけば、ペルシェンベはそこにとまります。あとの手入れはいりません。」

といって、わたしに、割《わ》り箸《ばし》のような棒をわたしました。

トルコ人がいうとおり、それは割り箸ではなく、かなり重い火箸《ひばし》のような金属棒でした。

「わかりました。」

わたしがうなずくと、トルコ人はいいました。

「だいじにすれば、ほかにも、いろいろなことをやってくれますよ、ペルシェンベは。」

「いろいろなことって、どんなことです？　それに、だいじにするって、どうすればいいんです。だって、ノーメンテナンスなんでしょ。」

わたしの言葉に、トルコ人は、

「いろいろなことというのは、文字どおり、いろいろなことです。それから、だいじにするというのは、気持ちの問題ですね。」

と答え、

「それじゃあ、きょうはこれで失礼しますよ。」

といってから、空にむかって、声をかけました。

「おおい、パザル！」

どこにいたのか、空飛ぶじゅうたんのパザルはすぐにおりてきて、手すりのむこうの空中に止まりました。

トルコ人は、手すりをのりこえて、パザルの上にあぐらをかきました。そして、

「あ、そうそう。忘《わす》れていました。」

といったので、わたしは、トルコ人がそのあと、

「じつは、ペルシェンベはときどき怒《おこ》って、何百万ボルトも発電し、まわりの人間を感電させるから、気をつけてください。」

というのかと思い、心配になりました。けれども、トルコ人はそうはいわず、こういったのです。

「ペルシェンベは日本語がわかります。ですから、チャルシャムバのときみたいに、教育費にお金がかかることもありません。それから、何か用をいいつけるときは、かならず、『テシェキュレデリム！』といってください。日本でもトルコでも、あいさつはだいじですからね。あとね、ときどき、チャルシャムバで空を飛ぶとき、ペルシェンベをいっしょにつれていくと、ふたりともよろこびますよ。なにしろ、ふたりはいとこどうしですからね。」

「えーっ！　空飛ぶ玄関《げんかん》マットと電気雲がいとこですって？」

とわたしがいったのと、トルコ人が、

「テシェキュレデリム！　さあ、パザル。飛んで、イスタンブールに帰ろう！　アッラハウスマルドゥク！」

といって、飛びたったのは同時でした。

わたしは、

「ギュレ、ギュレ……。」

とつぶやきながら、トルコ人が西の空に消えてしまうまで、見送りました。

ついでにいっておくと、

「アッラハウスマルドゥク！」

も、

「ギュレ、ギュレ……。」

も、〈さようなら〉という意味なのですが、トルコ語では、〈さようなら〉は、立ち去る側と見送る側ではちがう言葉を使うのです。これは、うちにある電子辞書《でんしじしょ》のおまけについている〈トルコ語例文集〉にのっていました。

それはともかく、トルコ人が空飛ぶじゅうたんのパザルには、

「さあ、パザル。飛んで、イスタンブールに帰ろう！」

と日本語でいい、わたしには、

「アッラハウスマルドゥク！」

とトルコ語で別れのあいさつをしたのはなぜなのか、あとで思い出すと、きみょうに思えてなりませんでした。

ともあれ、その日のうちに、わたしはホームセンターにいって、金属棒《きんぞくぼう》をさすガラスのびんと、そのびんをのせる小さなテーブルを買ってきました。テーブルに敷《し》くレースの花びん敷きも買いました。そして、いつもチャルシャムバをひろげておくテーブルの横に、そのテーブルをならべました。

それまで、朝起きたときと、夜寝《ね》る前に、〈おはよう〉と〈おやすみ〉のあいさつをチャルシャムバにしていたように、ペルシェンベにもします。

チャルシャムバで外出するときは、いつも、ペルシェンベもつれていきました。というより、チャルシャムバでベランダを飛びたつと、ほとんど毎回ペルシェンベがついてくる

のです。ペルシェンベは伸縮《しんしゅく》自在《じざい》ですから、チャルシャムバをすっかりつつみこんでしまうこともありました。そうなると、空飛ぶ玄関《げんかん》マットに乗っているというより、觔《きん》斗雲《とうん》に乗っているような形になります。

そうそう、わたしはペルシェンベを東京湾《とうきょうわん》に浮《う》かぶふしぎな島にもつれていきました。ペルシェンベはたちまち島をおおいかくすくらい大きくなりました。

ふしぎな島は、島にいるものを外界からかくしますが、おおいかぶさっている雲がどうなるのか、まわりから見えるのか、見えないのか、それはわかりません。

そんなことをしていて十日ほどたったとき、わたしがうちでシャワーをあびていると、とつぜん、シャワーのいきおいが強くなりました。わたしが目を細く開けて上を見ると、ペルシェンベが天井《てんじょう》近くにいて、大つぶのあたたかいお湯がざんざんふりそそいでいたのです。

まことにもって、ペルシェンベは気がきく雲です。あのトルコ人がいったとおり、三万円なんて、ただみたいだと思わずにはいられません。

そうそう、ペルシェンベがうちにきて、ひと月ほどたった日曜日の朝、わたしがコンビニに買い物にいこうと、ペルシェンベにまとわりつかれながら、チャルシャムバに乗っているると、西の上空に黒雲があらわれ、それがぐんぐんこちらに近づいてきました。

わたしがチャルシャムバを空中に止めて、ながめていると、黒雲はすぐそばにきて止まり、なかから、頭に角《つの》のある鬼《おに》が顔を出しました。白い大きな布袋《ぬのぶくろ》を背負《せお》っています。

おもわず、わたしの口からつぶやきがもれました。

「風神《ふうじん》だ……。」

そのとき、わたしはふしぎだとはまるで思いませんでした。チャルシャムバやペルシェンベ、それから、見えない穴《あな》や浮島《うきしま》にくらべれば、風神など、さほどふしぎなことがありましょうか！

でも、それは風神ではありませんでした。それは、それが、

「ギュナイドゥン！」

といったことでわかりました。

あのトルコ人が風神のかっこうをしていたのです。

トルコ人は紙づつみを雲のなかから出して、わたしにさしだしました。

「これ、ペルシェンベについているおまけです。このあいだ、おわたしするのを忘《わす》れていました。衣装《いしょう》を身につけ、道具を持ってください。」

わたしはつつみを受けとり、ひもをほどいて、開けてみました。

なかには、角《つの》が二本ついたかつらと、虎《とら》の毛皮のフェイクでできたパンツと、それから、うちわくらいの大きさのでんでん太鼓《だいこ》がふたつ入っていました。

トルコ人にいわれるまま、そして、わけのわからないまま、わたしは虎皮のフェイクのパンツをはき、かつらをかぶって、両手にひとつずつ、でんでん太鼓を持ちました。

「でんでん太鼓をふって、音を出してください。」

トルコ人がそういうので、わたしはいわれるとおりにしました。

すると、とつぜん、ペルシェンベの色が黒くなり、ゴロゴロと音をたてて、稲光《いなびかり》を発しだしたのです。

それを見て、トルコ人は、布袋《ぬのぶくろ》の口を開き、たまたまそばをとおりがかったトビにむけました。

「そーれっ！」

たちまちトビが吹《ふ》きとばされていきました。

トルコ人は風神《ふうじん》になりきっています！

なんだか楽しくなって、わたしはでんでん太鼓《だいこ》をふりました。

ドンガラ、ドンガラ！

鳴りひびく音に合わせて、ペルシェンベが稲妻《いなずま》を発します。

それを見て、トルコ人がいいました。

「まあ、それくらいにしておいてください。それ以上やると、ほんとうに雷《かみなり》が地上に落ちます。そうなったら、近所迷惑《きんじょめいわく》じゃすみませんよ。もし、雷を落としてみたいなら、だれもいない海にいって、やってください。」

トルコ人はそれから、

「テシェキュレデリム！　さあ、パザル。飛んで、イスタンブールに帰ろう！　アッラハウスマルドゥク！」

というなり、西の空にむかって、飛んでいってしまいました。

わたしはまた、あいさつのおくれをとり、

「ギュレ、ギュレ……。」

と小声でいいながら、頭のなかでは、やっぱり、実験は東京湾《とうきょうわん》では無理だろうなあ、だれもいなくて、船もとおらない、もっと遠くの海にいかなくちゃなあ……と考えていました。

クアラルンプールのゆでたまご

よく晴れた四月の朝のことです。

ドンドンドンドン！

それはもうノックというようなものではなく、まるで火《か》盗改《とうあらため》が盗人宿《ぬすっとやど》の戸をたたくようなはげしさで、ドアをたたく音がしたあと、大きな声が聞こえました。

「ギュナイドゥン！」

宅配便《たくはいびん》や郵便《ゆうびん》の配達の人は、インターフォンも鳴らさずに、いきなりドアをたたいたり、ましてやトルコ語で〈おはよう！〉などとはいいません。そんなことをするのは、ときどきうちにやってくるきみょうなトルコ人にきまっています。

わたしは、ドアののぞきレンズをのぞくこともせず、ドアを開けました。

すると、やはりそれはあのきみょうなトルコ人でした。

わたしはまず、ゆっくりと、〈ドゥン〉が〈ドン〉にならないように、

「ギュナイドゥン！」

とあいさつをしかえしてから、日本語で、

「まあ。どうぞ。」

といって、トルコ人を部屋にまねきいれました。

今度もまた、トルコ人がふしぎな何かを売りにきたのだと思い、わたしはわくわくしながら、リビングルームのソファをさししめし、

「まあ、ちょっとすわってまっていてください。いま、お茶を入れますから。紅茶《こうちゃ》がいいですか、それとも、日本茶？」

とたずねました。

するとトルコ人はゆっくりとソファに腰《こし》をおろして、

「もちろん、日本茶をいただきます。『郷《ごう》に入れば郷に従《したが》え』といいますからね。」

といってから、リビングルームのすみにならんでいるふたつの小さなテーブルに目をやりました。ふたつのうちのひとつには、ふしぎな玄関《げんかん》マットがひろげられていて、もうひと

つには、レースの花びん敷《し》きの上にガラスびんが置いてあり、そこには金属《きんぞく》の棒《ぼう》がさしてあります。そして、その金属棒には、まるでわたあめみたいに、ふしぎな電気雲がからみついていています。わたあめとちがうのは、なにしろ雲ですから、うにうにと動くところです。

トルコ人はふたつのテーブルのほうを見て、

「ギュナイドゥン、チャルシャムバ！　ギュナイドゥン、ペルシェンベ！」

とあいさつをしました。

わたしはトルコ人と自分のぶんのお茶をお盆《ぼん》にのせ、トルコ人がすわっているソファの前のガラステーブルの上に置き、

「どうぞ。」

といってから、トルコ人の正面のいすにすわりました。

「それで、きょうはどんなものを持ってらしたのですか？」

トルコ人が何かいいだすのも待ちきれず、わたしがそうたずねると、トルコ人はお茶をひとすすりして、

「テシェキュレデリム。」

といい、それから、

「あなた、なかなかいいお茶ですね。いやはや、いいお茶を飲むと、ほっとしますねえ……。」

なんて、お世辞《せじ》をいってから、

「ところで、どんなものって？」

とききかえしてきました。

「だから、売り物ですよ。きょうは、どんなものを持ってらしたのかなって……。」

わたしがそういうと、トルコ人はわざとらしく首をかしげて、

「おや、おかしなことをおっしゃいますね。」

といってから、こういいました。

「あなたはさっき、『それで、きょうはどんなものを持ってらしたのですか？』とおたずねになり、そのあと、『だから、売り物ですよ。』とおっしゃった。日本語の〈だから〉は、その前の文が理由になっていて、〈だから〉がついた文が結果をしめすのですよ。たとえば、『雨がふっています。だから、家にいます。』っていうふうにね。つまり、〈家にいるのは、雨がふっているからだ。〉ということです。そうだとすれば、あなたがおっしゃったのは、〈売り物なのは、どんなものを持っているからだ。〉になり、これでは意味がとおりませんよ。」

このきみょうなトルコ人はよく、言葉のことでわたしにからむのです。だから、さっきも、〈ドゥン〉が〈ドン〉にならないように、〈ギュナイドゥン！〉といったのです。

わたしがどういいかえそうかと考えていると、トルコ人はつづけていいました。

「それに、あなた、あいさつのあと、すぐに商売の話をはじめるなんて、あまり日本的ではありませんよ。たとえば、まだ東京が江戸《えど》だったころ、江戸の行商人は何回か弁当《べんとう》を食べる場所を縁側《えんがわ》で貸《か》してもらってから、何度目かに、おもむろに、『そういえば、奥《おく》さん。わたしは、反物《たんもの》を売り歩いているんですよ。よろしかったら、ごらんになりますか。いえ、お買いにならなくてもいいのです。まあ、わたしが怪《あや》しい者じゃなくて、ちゃんとした行商人だということをおわかりいただくためですから、ひとつ、見てやってくださいましな。』とかいって、荷物をひろげたものです。」

すかさず、わたしはいいかえしました。

「でも、江戸《えど》の行商人は、いきなりドアをドンドンたたいて、『ギュナイドン!』なんていいませんよ。」

いきおいこんだせいで、わたしは〈ギュナイドゥン〉の〈ドゥン〉を〈ドン〉といってしまいましたが、もちろんトルコ人はそれを聞きのがしませんでした。

「わたしは、『ギュナイドン!』なんていってませんよ。『ギュナイドゥン!』といったのです。」

トルコ人はそういって、にやにや笑ってから、

「まあ、そんなことはいいでしょう。でも、きょうは商売できたのではないのです。チャルシャムバとペルシェンベの暮《く》らしぶりを見がてら、あなたのお顔を拝見《はいけん》していこうと思って、立ちよらせていただいたのです。」

といい、もう一度、部屋のすみのふしぎな玄関《げんかん》マットと電気雲に目をやりました。そして、

「やはり、わたしの目に、くるいはなかった。あなたは、トルコ語だけではなく、日本語もあまりじょうずではありませんが、チャルシャムバとペルシェンベのめんどうはしっかり見てくださっていますね。」

といいました。

そんなふうにいわれても、トルコ人が売り物を持っていないようなので、わたしはがっかりし、

「いいえ、たいしたことはしてませんが……。」

などと語尾《ごび》をにごらせました。

すると、トルコ人はいきなり、

「あなた、世界でいちばんおいしいたまごは、どこのたまごかごぞんじですか。」

とききました。

「日本のたまごしか食べたことがないから、わかりませんけど……。」

わたしがそう答えると、トルコ人は、

「日本のたまごしか、めしあがったことがないですって？　じゃあ、これをめしあがってみてください。」

といって、まずズボンのポケットから、小さな優勝《ゆうしょう》カップみたいな形のターコイズブルーのエッグカップを出し、それをテーブルに置きました。そして、次に殻《から》が薄茶色《うすちゃいろ》のたまごを出して、エッグカップの上にのせました。

わたしはそのたまごを見ながら、ききました。

「ゆでたまごですか？」

「そうですよ。さあ、どうぞ！　売り物ではありませんから、ただです。」

わたしは朝食がまだで、ちょっとおなかがすいていました。それで、

「テシェキュレデリム。では、いただきます。」

といって、手をのばし、たまごをとると、殻《から》をむいて、ひと口食べてみました。

なんと、それはもう冷えてはいましたが、いままで食べたどんなゆでたまごよりもおいしかったのです！

口のなかのたまごをごくりとのみこんでから、わたしはいいました。

「たしかに、おいしいたまごですね。これ、どうしたのです？」

「きのう、わたしはクアラルンプールのホテルのレストランのシェフと商談がありましてね。その商談が首尾《しゅび》よく終わってから、そのシェフが、『あまりものだけど。』とおっしゃって、いくつかゆでたまごをくださったのです。」

トルコ人がそういったときには、わたしはゆでたまごをひとつ、たいらげていました。

わたしが食べてしまったのを見て、トルコ人は、

「では、もうひとつ、いかがです。あとひとつだけ残っているのです。」

といいました。

「だけど、それ、あなたのぶんでしょ？」

わたしはいちおうそういって、遠慮《えんりょ》するそぶりを見せましたが、あとひとつ食べる気満々でした。

「どうぞ、どうぞ。わたしはもう食べましたから。」

といって、トルコ人はズボンのポケットからもうひとつたまごを出し、エッグカップの上に置きました。

わたしは、

「テシェキュレデリム。なんだか、悪いですねえ……。」

といいながら、エッグカップからたまごをとると、殻《から》をむいて、ぺろりと食べてしまいました。

わたしがふたつ目を食べおわり、お茶をひと口飲むと、トルコ人は立ちあがって、

「それじゃあ、失礼します。」

といいました。

「えっ？　もうお帰りになるんですか？」

わたしがそういうと、トルコ人は、

「この近所に都立の公園があるでしょ。ほら、大きな池があって、池のまわりに、ぐるりと桜《さくら》が咲《さ》いている公園ですよ。イスタンブールに帰る前に、ちょっと桜を見ていこうと思いましてね。」

といって、玄関《げんかん》のほうに歩いていってしまいました。

「じゃあ、わたしもいきます。今年はまだ桜を見ていないし。」

わたしはそういって、トルコ人のあとを追い、ふたりでマンションの部屋を出ました。ドアの鍵《かぎ》を閉《し》めてから、わたしは通路から空を見あげました。そして、空に何も浮《う》かんでいないのをたしかめてから、たずねました。

「ところで、パザルは？」

「パザルなら、もう公園にいってますよ。」

あたりまえのようにトルコ人はそういうと、エレベーターのほうに歩いていきました。

マンションから公園までは歩いて十五分くらいです。

公園に入ると、売店で、かごにもったゆでたまごを売っていました。それを見て、わたしはターコイズブルーのエッグカップのことを思い出しました。

「もしかすると、あのきれいなクアラルンプールのエッグカップ、うちのテーブルに置きっぱなしにしてきちゃったんじゃないですか。」

わたしがそういうと、トルコ人は、

「ああ、あれね。あれはクアラルンプールのものではありません。れっきとしたイスタンブールのものです。たまごについては、イスタンブールはクアラルンプールにかないませんが、エッグカップとなると、話は別です。あれはなかなか使えるものです。売り物ではなくて、わたしが自分で使っているものでしてね。あなたのうちに忘《わす》れてきてしまったようです。ですが、これも何かのご縁《えん》でしょう。いつも、いろいろ買っていただいておりますし、あれはさしあげますよ。」

といってから、こう提案《ていあん》してきました。

「そんなことより、売店でサイダーを売ってましたね。わたし、日本のサイダーが大好きなんですよ。たまごはクアラルンプール、サイダーは日本です。そこで、どうです。わたしとかけっこして、負けたほうが勝ったほうに、サイダーを一本おごるっていうのは？」

わたしは、

「あのエッグカップ、なかなかすてきですよ。いただいちゃっていいんですか。なんだか、悪いですねえ。じゃあ、もらっちゃいますよ。テシェキュレデリム。」

といってから、ポケットに手を入れ、大きさからいって、五百円玉にちがいない硬貨《こうか》が一枚《まい》あるのをたしかめて、いいました。

「サイダーくらい、かけっこなんかしなくたって、わたしがごちそうしますよ。」

「いえ、いいえ。それじゃあ、つまらないから、かけっこしましょうよ。そのほうがよけいにのどがかわいて、サイダーだって、いっそうおいしくなるというものです。ここから走って、ほら、むこう岸の橋のたもとまで競争《きょうそう》しましょう。」

「それなら、やってもいいですけど、コースは?」

わたしがそういうと、トルコ人は、

「コースはそれぞれ自由っていうのはどうです。とにかく、早くゴールについたほうが勝ちということで。スタートの合図は、あなたがどうぞ。」

といいました。

「それじゃあ……。」

といって、わたしは満開の桜《さくら》の木にかこまれた池のはしからはしまで見わたしました。橋のむこうまでいくなら、そこからだと橋をわたっていくのも、岸づたいに走るのも、同じくらいの距離《きょり》に見えました。

橋のほうが走りやすそうなので、わたしは橋をとおっていくことにして、

「スタート！」

と声をあげ、同時に、橋にむかってかけだしました。

トルコ人はわたしとはちがうコースをえらびました。

走りながら見ると、トルコ人は、まっすぐ池の岸にむかって走っていきましたが、ちゅう両手をあげ、空にいるだれかを手まねきするようなかっこうをしました。そのとき、何かさけんだのですが、トルコ語らしく、

「パザル、パザル！」

といった以外は意味がわかりませんでした。

わたしはトルコ人の頭の上の高いところに目をやりましたが、パザルらしいものは見あ

たりません。

トルコ人が池の岸の太い桜《さくら》の木の下にたどりつきました。ですが、トルコ人は走る方向をかえません。そのままでは、池に落ちてしまいます。

トルコ人が一歩水の上にふみだしました……、とそのとき、いきなりトルコ人の姿《すがた》が消えたのです。

たいへんだ！　ころんで、池のなかにつんのめってしまったのだ！

そう思ったわたしは、一瞬《いっしゅん》立ちどまり、それから方向転換《ほうこうてんかん》をして、トルコ人が消えたあたりにむかって、かけだしました。

ところが、そのときです。池から連続して、かわいた音がひびいてきました。かたいものの上を走っていく靴音《くつおと》です。

カン、カン、カン、カン、カン……。

音はだんだん遠ざかっていきます。

わたしは、あっけにとられ、おもわず立ちどまりました。

もしやと思い、わたしは桜《さくら》の木の上に目をやりました。

幾重《いくえ》にもかさなる満開の桜の枝《えだ》のすきまに、パザルがふわふわと浮《う》いています。

わたしは何がどうして、こうなったのか、すぐにわかりました。

パザルが上からトルコ人の頭の上に、

あのふしぎな穴《あな》を落とし、トルコ人はそのふしぎな穴《あな》を頭からかぶって、水の上を走ったのです。あのトルコ人のことです。コンクリートの上を走るのと同じように、水の上だって、走るくらいのことはするでしょう。それに、なかに入ると外からは見えなくなるふしぎな穴はうちにもあります。うちのは、直径が八十センチくらいで、高さは一メートルほどです。それと同じものを、いや、かぶって走るとなると、もうちょっと大きいかもしれませんが、同じような穴をトルコ人はパザルにのせていたにちがいありません。

足音が聞こえなくなると、岸辺にトルコ人の下半身が、次に上半身、つづいて顔があらわれました。

トルコ人が、まるで足首まである長いセーターをぬぐようにして、穴をぬいだのでしょう。それからトルコ人は、太い筒《つつ》をかかえるようなかっこうで、走りだし、橋のたもとまでいくと、こちら岸を見まわしました。

おそらくわたしをさがしているのだろうと思い、わたしは岸辺までいって、手をふりました。

トルコ人はわたしを見つけると、何かを、といってもつまりそれはふしぎな穴にちがいないのですが、何かをそこに置くようなかっこうをしてから、こちらにむかって万歳《ばんざい》をしました。

そばにいた中年のカップルがトルコ人を見ています。池の上からの足音に気づいたかどうか、それはわかりませんが、とつぜん、目の前にトルコ人があらわれたので、よほど驚《おどろ》いたのでしょう。年がいもなく、女があいての腕《うで》にしがみついています。

もう勝負はついてしまったのですから、いまさら走っていってもしょうがありません。わたしが橋のほうに歩いていくと、トルコ人も太いものをかかえるかっこうで、むこうから橋をわたってきました。

消えてしまったのは、ふしぎな穴《あな》をかぶったからだとわかりましたが、水の上を走ったことは理由がわかりませんでした。けれども、空飛ぶじゅうたんに乗って、ふしぎなものを売りにくる男ですから、水の上を走るくらいのことはするのです。

こちら側の橋のたもとで待っていると、トルコ人はわたしのすぐそばまできて、

「じゃあ、サイダーはあなたのおごりですね！」

といって、先に立って売店のほうに歩いていきました。

わたしはあとからついていき、売店でびん入りのサイダーを二本買い、一本をトルコ人にさしだしました。

トルコ人はサイダーを右手で持ち、音をたててゴクゴク飲んでしまうと、からになったびんを売店のおばさんにかえしました。あいかわらず、左腕《ひだりうで》は何かをかかえるかっこうをしています。

わたしもぜんぶ飲んでから、売店のおばさんにびんをかえしました。

そのとき、さっと地面に影《かげ》がさしたので、見あげると、三メートルほどの高さの桜《さくら》の枝《えだ》と枝のあいだに、パザルがきていました。

トルコ人は、

「じゃあ、わたしはこれで失礼します。テシェキュレデリム。」

といってから、いかにもふしぎだといわんばかりにわたしにたずねました。

「ところで、あなた、橋にむかって、走っていかれましたよね。いや、べつに、日本語でしゃれがいいたくて、わざわざ、橋にむかって、走っていかれましたよね、なんていったんじゃありませんよ。そうじゃなくて、ちょっと気になるので、ききたいのです。あなた、

サイダー
サイダー

どうして、そんな無駄《むだ》なことをなさったのですか。橋をわたるより、水の上をつっきっていったほうが早いでしょ。花を見にきている人がおおぜいいるし、目立つのがいやだったからですか。わたしはたまたまふしぎな穴《あな》をパザルにのせていたから、上から落とさせて、かぶって走りましたが、べつに見られてしまっても、おや、へんだな、だれかが水の上を走ってるぞ、と思われるだけで、どうってことないじゃないですか。それとも、ななめにつっきるほうが距離《きょり》が短いっていう原理を知らなかったのですか。対角線の原理ですよ。あなた、学校でならいませんでしたか。」

「対角線の原理はならいましたが、あいにく、日本の学校では、水の上の走り方をおしえてくれませんからね。」

わたしがそういうと、トルコ人は、

「おや？　ゆでたまごをさしあげるとき、もうしあげませんでしたっけ？」

と意外そうな顔をしました。

「まさか、クアラルンプールのたまごを食べれば、だれでも水の上を走れるようになるなんて、そんなことをおっしゃる気じゃないでしょうね。」

わたしの言葉に、トルコ人は首をふりました。

「そんなことはありませんよ。もしそうなら、クアラルンプールの人々はみんな、水の上を歩いたり、走ったりしちゃうじゃありませんか。たまごはどこのものでもいいのです。肝心《かんじん》なのは、たまごではなく、あなたにさしあげたあのエッグカップですよ。あそこに置いたたまごをひとつ食べると、半日、つまり十二時間、水に浮《う》く……というより、水面から下に沈《しず》まないのです。ほら、わたし、商売であっちこっちいくでしょ。水の上を歩けると、便利なんですよ。それで、ああいうエッグカップを持ち歩いているのです。でも、うちに帰れば、たくさんありますから、だいじょうぶ。あれは、あなたにさしあげます。」

トルコ人はそういってから、上を見あげ、手まねきをしました。

音もなく、パザルが地面すれすれまでおりてきました。

トルコ人はパザルに乗って、かかえていたものを横に置くようなかっこうをしてから、あぐらをかいてすわりました。そして、いつものように、いいました。

「テシェキュレデリム！　さあ、パザル。飛んで、イスタンブールに帰ろう！」

パザルがふうっと浮《う》きあがったところで、トルコ人はトルコ語でわたしに、立ち去るときの別れのあいさつをしました。

「アッラハウスマルドゥク！」

「ギュレ、ギュレ……。」

わたしが見送る側の別れのあいさつをトルコ語でいうと、パザルは空高く舞《ま》いあがり、やがて、西の空に消えました。

だれか見ていないかと、わたしはあたりを見まわしましたが、みな、満開の桜《さくら》に気持ちをとられているのか、こちらを見ている人はいませんでした。

わたしは別れぎわに、お礼をいわなかったことに気づき、いまさらいっても、もう聞こえるわけがないのに、

「テシェキュレデリム……。」

とつぶやきました。

それからわたしはまっすぐうちに帰り、お風呂《ふろ》に半分くらい水をはって、足を入れてみました。

トルコ人がいったことは本当でした。

水をはったバスタブに足をつっこもうとしても、まるでかたくて冷たいガラスの上に足をのせたかのように、足は水に入っていきません。ためしに、水面にのってみたり、すわってみたりしましたが、やはり、かたいものの上にのったり、すわったりするのと同じでした。

その日の夜遅《おそ》く、わたしは今度はほんとうにお風呂《ふろ》に入ろうと思い、バスタブに湯をはり、はだかになって、まず、シャワーをあびようとしました。でも、シャワーの湯は体にかかる寸前《すんぜん》に、みな、はじきとばされてしまうのです。だから、体がぬれることがまったくありません。

バスタブに足をつっこもうとしても、足はまるで湯に入りません。湯の上にのってみたり、すわったり、はては寝《ね》っころがってみたりもしましたが、湯はまるで透明《とうめい》なガラスになってしまったようでした。昼間とちがっていたのは、それが温かかったことだけです。

おかしいな、たまごを食べてから、十二時間以上たっているのに……、と思った瞬間《しゅんかん》、わたしはトルコ人の言葉を思い出しました。

「あそこに置いたたまごをひとつ食べると、半日、つまり十二時間、水に浮《う》く……というより、水面から下に沈《しず》まないのです。」

トルコ人はそういっていました。

ひとつ食べれば十二時間ということは、ふたつ食べたのですから、二十四時間、まる一日効果《こうか》がつづくということです。

わたしがちゃんとお風呂《ふろ》に入れたのは翌朝《よくあさ》でした。

そうそう、これはあとで気づいて、ふしぎに思ったのですが、ふしぎな穴《あな》に入ると、外から見えなくなるかわりに、なかからも外が見えないのです。ですから、トルコ人は水の上を走るとき、足もとしか見えなかったはずです。それなのに、どうしてトルコ人はちゃんと走れたのでしょうか。

しかしまあ、そのていどのふしぎは、ふしぎのうちに入らないのかもしれません。

ふしぎな掛《か》け時計《どけい》

小学校から大学まで、おおかたの学校の入学式も終わり、桜《さくら》の枝《えだ》に残っている花もまばらになった土曜日の朝、インターフォンが鳴りました。ドアののぞきレンズで見ると、電力会社の検針員《けんしんいん》が立っています。

わたしは、玄関《げんかん》の壁《かべ》にある電気のブレーカーを見あげ、ブレーカーにまとわりついている小さな雲にむかって、

「ペルシェンベ、ちょっとおくにいっていてくれないか。」

と声をかけてから、

「待ってください。すぐに開けますから。」

といって、ドアを開けました。

もちろん、そのときにはもう、小さな雲はブレーカーをはなれ、リビングルームに飛んでいっていました。

電力会社の検針員はブレーカーをちらりと見あげてから、

「おかしいんですよねえ……。」

といいました。

わたしとしては、いつかはこういう日がくると思っていましたから、検針員《けんしんいん》が何をいぶかしがっているか、すぐにわかりました。でも、なんのことだかわからないという顔をして、

「何がです?」

ととぼけました。

すると、検針員はわたしの顔をじっと見て、いいました。

「じつは、お宅《たく》の電気のメーターのことなんです。」

それから検針員はろうかと玄関《げんかん》の天井《てんじょう》を見あげ、そこにあかりがついていることを見てから、たしかめるような口調でいいました。

「お宅、電気、使ってますよね。」

ろうかも玄関も、天井にはあかりがこうこうとついているし、その先のリビングルームも明るいのですから、

「いやあ、うちは電気はめったに使わないです。なにしろ、エコが信条《しんじょう》ですからねえ。」

なんていうわけにもいかず、わたしは、

「ええ、まあ……。」

と答えました。すると、検針員《けんしんいん》は、

「だけど、外にあるメーターを見ると、これが動いてないみたいなんです。」

といって、ドアからはなれました。そして、ドアの上にある電気のメーターを見あげ、

「あっ！」

と声をあげました。

わたしは靴《くつ》をはいて、マンションの通路に出ました。電気のメーターを見ると、メーターについている円盤《えんばん》はゆっくりと動いています。

「おかしいなあ。さっきまで止まっていたのに……。」

ひとりごとをいう検針員に、わたしはちょっと怒《おこ》ったような声でいいました。

「へんないいがかりはよしてください。」

「だけど、ついさっきまで止まっていたんです。それに、わたしは夜、何度もここにきて、たしかめています。お宅《たく》の部屋にあかりがついているのに、メーターが動いてないことが何度もあったんです。それで、へんだと思って、こうしてお話をうかがいにきたんで

すが……。」

いいわけっぽくそういう検針員《けんしんいん》に、わたしはわざと大きなため息をついて、いいました。

「あのですね。かりに、電気のメーターが止まっていたとしてもですよ。それって、うちのせいですか？　電気のメーターの調子が悪いなら、とりかえればいいでしょ。」

すると、検針員は、

「それでは、いずれ、そうさせていただきます。」

といって、帰っていきました。

電力会社がうちの電気のメーターを何度とりかえても、むだなのです。うちの電気のほとんどはいわば自家製《じかせい》で、ふしぎな電気雲のペルシェンベが作っているのです。

電気会社の検針員がいってしまってから、五分もたたないうちに、またインターフォンが鳴りました。

玄関《げんかん》に出ていって、のぞきレンズに目をあてると、そこにはトルコ人が立っていました。

わたしがドアを開けると、トルコ人は笑顔でいいました。

「ギュナイドゥン。」

わたしは〈ギュナイドゥン〉の〈ドゥン〉が〈ドン〉にならないように気をつけて、

「ギュナイドゥン！」

といおうとしたのですが、〈ドゥン〉ばかりに気がいって、〈ギュ〉が〈グ〉になってしまいました。

「グナイドゥン！」

すぐにわたしは、しまったと思ったのですが、やはりトルコ人はすかさずわたしの発音のまちがいを訂正《ていせい》しました。

「ご自分でもお気づきでしょうが、グナイドゥンではなく、ギュナイドゥンです。だって、あなた、牛丼《ぎゅうどん》のこと、〈ぐうどん〉とはいわないでしょ？　ぐうどんでは、すうどんではなくて、具のあるうどんみたいじゃないですか。」

といってから、

「さっききていたのは、電気屋さんですね。」

といいました。

今度はわたしがトルコ人の日本語を訂正する番です。

「電気屋さんではありません。電力会社の人です。電気屋さんというのは、テレビとか冷《れい》蔵庫《ぞうこ》なんかを売っている店や人のことです。」

けれども、トルコ人はまるでひるまず、ごくあたりまえのことをあたりまえにいうように、こういったのです。

「あ、それは日本語がまちがっているのです。テレビとか冷蔵庫を売っている店や人は電気で作動する家庭用の機械を売っているのであって、電気そのものを売っているわけではありません。ですから、本来、電気屋さんというのは、電気を売っている人、つまり、電力会社や、そこの従業員《じゅうぎょういん》をさすべきなのです。日本人が電気屋さんとよくいっているのは電気器具屋さん、または電気製品屋《でんきせいひんや》さんと呼《よ》ぶべきなのです。」

それで、わたしはつい、いわれてみればそのとおりだなと思ってしまいました。それが表情《ひょうじょう》に出てしまったようで、トルコ人は、

「わかっていただければ、それでいいのです。」

といってから、わたしにたずねました。

「ところで、なかに入ってよろしいですか。」

「どうぞ。」

わたしが来客用のスリッパを出すと、トルコ人は靴《くつ》をぬぎ、スリッパをはき、わたしのうしろからリビングルームに入ってきて、いいました。

「荷物がベランダにとどいているはずなのですが、カーテンと窓《まど》を開けてもよろしいでしょうか。」

といいました。

わたしのうちはマンションの五階です。ですから、本来荷物がベランダにとどくわけはないのですが、わたしはあたりまえのように、

「どうぞ。」

と答えました。

トルコ人がベランダのカーテンと窓を開けると、空飛ぶじゅうたんのパザルがすうっとリビングルームに入ってきて、床《ゆか》から三センチくらいのところで止まりました。パザルには、ひとかかえもあるほどのダンボール箱《ばこ》がのっています。

トルコ人はダンボール箱を指さして、いいました。

「きょうお見せするのは、これです。いや、正確《せいかく》にいえば、このダンボール箱《ばこ》のなかに入っているものです。わたしがダンボール箱から出しているあいだに、できれば、あなた、お茶をいれてくださいませんか。できれば、日本茶がいいんですけど。」

それから、トルコ人はリビングルームのはじにならんでいるふたつの小さなテーブルのほうを見て、声をかけました。

「ギュナイドゥン、チャルシャムバ！　ギュナイドゥン、ペルシェンベ！」

わたしがキッチンでお湯をわかし、自分の湯のみと来客用の茶托《ちゃたく》のある湯のみに、それぞれお茶をつぎ、お盆《ぼん》にのせて、リビングルームのガラステーブルの上に置いたとき、ちょうどトルコ人はダンボール箱のなかから、発泡《はっぽう》スチロールの梱包材《こんぽうざい》を出し、それを床《ゆか》に置いたところでした。

わたしはガラステーブルをはさんでむきあっているソファのひとつに腰《こし》をおろしました。

「なんです、それ？」

わたしがたずねると、トルコ人は梱包材の上半分をとりのぞいて、答えました。

「時計です。」

わたしは身をのりだして、なかをのぞきました。そこに入っているのはどうやら、大きな鳩時計《はとどけい》のようでした。トルコ人はそれを両手でかかえ、文字《もじ》盤《ばん》が上になるようにして、床《ゆか》の上に置きました。

アルプス風の山型の屋根の二階家をかたどった仕掛《しか》け時計で、二階のベランダの両はじにドアがあります。たぶん、きまった時間になると、どちらかのドアから人形が出てきて、ベランダをとおり、もうひとつのドアからなかに入るという仕掛けなのでしょう。

また、一階のまんなかにはローマ数

字のまるい文字盤《もじばん》があり、長針《ちょうしん》と短針《たんしん》がついています。秒針《びょうしん》はありません。文字盤の左には水車があり、右にはドアがあります。右の側面の壁《かべ》にもドアがありますから、正面のドアから出てきた人形が側面のドアから入るようになっているのだと思われました。屋根のてっぺん近くには、小さな窓《まど》があります。鳩《はと》はそこから顔を出すのでしょう。

細工《さいく》はよくできていて、新品ではありません。中古というか、骨董品《こっとうひん》というふうです。

わたしは前にデパートで、それよりもっと小さく、細工も雑《ざつ》な鳩時計を見たことがありました。ところどころプラスチックでできていましたが、それでも、何万円かはしました。そのときの時計にくらべれば、トルコ人の持ってきたものは数段《すうだん》も細工がよく、見たところプラスチックの部分はひとつもなく、すべて木と金属《きんぞく》でできているようでした。

わたしはその時計をしみじみと見てから、トルコ人にたずねました。

「これ、けっこう古いものですよね。」

トルコ人は、わたしとむかい側のソファに腰《こし》をおろすと、お茶をひと口飲んでから、

「おそらく十八世紀の終わりごろのものでしょうねえ。ドイツのニュルンベルクで作られたもののようです。」

といったのですが、それは、どうだ、すごいだろ、というふうではなく、かって電気屋さんの店員が、

「この製品《せいひん》は日本製で、岡山の工場で作られたものです。」

といっていたときの自慢《じまん》たらしさもありませんでした。

そうはいっても、十八世紀のニュルンベルクで作られた鳩時計《はとどけい》で、しかも、ちゃんと動くとしたら、いくら国産でも電気製品を買うようなお金で買えるわけがありません。

「せっかく持ってきてもらいましたが、とてもわたしには買えそうもありません。」

わたしがそういうと、トルコ人は湯のみを茶托《ちゃたく》にもどし、

「え？　どうして？」

と意外そうな口ぶりでいいました。

「だって、それ、高いんでしょ。」

わたしの言葉に、トルコ人は、いかにも心外だといわんばかりに、大きなため息をついてから、いいました。

「あなたには何度もお買いあげいただきましたが、どうやら、あなたはまだ、まともな商

人というものがおわかりになっておられないようですね。」

「まともな商人というものって……。」

わたしが口ごもると、トルコ人は、

「まともな商人というものは、お客様の手がとどかないようなものはお持ちしないものですよ。」

といってから、

「あ、誤解《ごかい》されるといけませんから、もうしあげますが、手がとどかないというのは、いちばん上のとってに手がとどかないような、高さが三メートルもあるスリードア冷凍冷蔵《れいとうれいぞう》庫《こ》のことをいっているのではありませんよ。価格的《かかくてき》に手がとどかないという意味です。」

といいたしました。

「そんなこと、わかってますよ。だけど、高さが三メートルもある冷凍冷蔵庫なんて、あるんですか？」

「必要なら、どこかでさがしてきますよ。まともな商人というものは、お客様のどんなご要望《ようぼう》にもお答えします。少なくとも、その努力はいたします。」

「いえ、べつに高さが三メートルもある冷凍冷蔵庫《れいとうれいぞうこ》はいりません。」

わたしがそういうと、トルコ人は、

「ともかく、この時計を壁《かべ》にかけてみましょう。商談はそれからです。」

といって、ソファから立ちあがり、時計をかかえて、パザルに乗って、あぐらをかきました。そして、パザルにトルコ語らしい言葉で、何かをいいました。

パザルがふわりと浮《う》いて、壁《かべ》にかかっているまるい掛《か》け時計のそばで止まりました。すると、トルコ人はあぐらをかいたまま、その掛け時計を壁からはずし、かわりに古い鳩《はと》時計をかけたのです。それから、くさりでぶらさがっている三つの分銅《ふんどう》を調節したり、文字《もじ》盤《ばん》の針《はり》をいじったりしていましたが、やがてパザルを床《ゆか》近くまでおろし、立ちあがって、床におりました。それから、壁にかかった時計を見あげて、いいました。

「時間は合わせました。あとはもう分銅にさわる必要もありません。ほとんどくるわず、正確《せいかく》に時をきざみます。こういう時計にありがちな、チクタクいう下品な音もしません。」

床に置いてあるときより、壁にかかっているときのほうがはるかにすてきに見えました。

もしわたしが大金持ちで、美術品《びじゅつひん》やら骨董品《こっとうひん》にどれだけお金を使ってもいい立場なら、

おもわず、

「金に糸目はつけない！　これをゆずってくれ！」

なんていってしまったかもしれません。でも、わたしはそんなふうにいうかわりに、

「たしかにすばらしいものなのでしょうが、そうであればこそ、わたしには手がとどきません。」

といわざるをえませんでした。

すると、トルコ人は、

「ですから、この時計はほとんどくるわず、時刻《じこく》を合わせる必要がないのです。だから、針《はり》に手がとどかなくても、だいじょうぶです。」

といいました。

「だから、そういう意味じゃなくて……。」

といいかけたわたしに、トルコ人は、

「わかってますよ。金額《きんがく》のことですよね。では、いかがです。これでは？」

といって、三本の指を立てた右手をわたしにさしだしました。

わたしはそれを見て、いいました。

「三千万円じゃなくて、三百万円、いや、三十万円でも無理です。」

「では、商談は成立ですな。」

トルコ人はそういうと、まだパザルの上にあったまるい掛《か》け時計を指さし、

「どうです、あれ、三百円で下取りしましょうか?」

といいました。

「いいえ、あれは、友だちの結婚式《けっこんしき》の引き出物ですから、手ばなすわけにはいかないのです。でも、三十万円でも無理だといっているのに、どうして商談成立なのですか。」

「だって、わたしが指を三本立てたら、あなたは、三十万円でも無理だとおっしゃいましたよね。ということは三万円なら、なんとかなるということでしょう。三万円で商談成立です。」

「ちゃんと動く十八世紀の鳩《はと》時計が三万円だなんて、法外《ほうがい》に安いじゃないですか。」

わたしがそういうと、トルコ人はいくらか眉をよせて、

「え? 鳩時計? これ、鳩時計ではありませんよ。」

といったのです。

「だって、屋根の下に小さな窓《まど》があるじゃないですか。あそこから鳩《はと》が出てくるんでしょ。」

「鳩なんて、出てきませんよ。あそこからはカッコウが出てくるのです。」

「鳩だって、カッコウだって、そんなにかわりはないじゃないですか。」

わたしの言葉に、トルコ人はいかにもあきれたというように、

「ぜんぜんちがいますよ。じゃあ、あなた、ほらよく小学生が輪唱で歌う、『静かな湖畔《こはん》の森のかげから、もう起きちゃいかがとカッコウが鳴く。カッコウ、カッコウ、カッコウ、カッコウ。』っていうのを……。」

とそこまでいって、

「静かな湖畔の森のかげから、もう起きちゃいかがと鳩が鳴く。ポッポポウ、ポッポポウ、ポッポポウ、ポッポポウ……。」

と歌ってみせました。

「そうは歌いませんが……。」

とわたしが答えると、トルコ人は、

「ほら、鳩《はと》とカッコウはちがうじゃないですか。」

といってから、こういいたしたのです。

「でも、上の窓《まど》から出るのはカッコウですが、この時計はそういうところに特徴《とくちょう》があるのではありません。ですから、これはカッコウ時計というわけでもないのです。まあ、カッコウ時計という面もありますけどね。じつはこれ、魔女《まじょ》時計というもので、特定の時刻《こく》になると、文字盤《もじばん》の右にあるドアから魔女が出てくるのですよ。」

「へえ、魔女。それで、何時になると、魔女が出てくるんですか。」

「それは、あなたしだいです。前の日に、翌日《よくじつ》の時刻を予約しておけば、その時刻に出てきます。たとえば、午前九時に出てきてほしければ、時計の前にいって、『あしたは午前九時におねがいします。』といえば、午前九時に出てきます。どこかのスイッチをいじったり、つまみをまわしたりする必要はありません。ただ、そういえばいいだけです。しかも、日本語でだいじょうぶです。九時きっかりでなくても、これまた、だいじょうぶです。午後九時三十七分なんていう時刻指定もできます。とにかく、一度やってみればわかりますよ。ちょっと、あしたの予約をしてみたらどうです。」

そこでわたしは、次の日は日曜日ですが、ねぼうしすぎて、魔女《まじょ》がでてくるのを見そこなってもつまらないので、時計の前にいって、

「あしたは午前十時でおねがいします。」

といって、かしわでを二度うちました。すると、トルコ人はいいました。

「あなた、神社じゃないんですから、かしわでは必要ありません。いま必要なのは三万円です。」

わたしは寝室《しんしつ》に財布《さいふ》をとりにいき、そのなかから一万円札を三枚《まい》出し、トルコ人にわたしました。

「テシェキュレデリム！　毎度ありがとうございます。」

トルコ人はそういってから、思い出したように、いいたしました。

「あ、そうそう。あの時計は品物が品物ですから、二週間のクーリング・オフの期間があります。でも、返品の送料はお客様の負担《ふたん》です、なんてけちなことはいいません。二週間後の土曜日にまたきます。二週間使っていただいて、お気にめさなければ、お引きとりし

ます。」

それから、トルコ人は床《ゆか》に置いてあったダンボール箱《ばこ》に発泡《はっぽう》スチロールの梱包材《こんぽうざい》を入れ、ダンボール箱をパザルの上に置くと、玄関《げんかん》に靴《くつ》をとりにいきました。そして、もどってくると、パザルに乗って、あぐらをかきました。

「テシェキュレデリム！　さあ、パザル。飛んで、イスタンブールに帰ろう！」

トルコ人はそういってから、わたしの顔を見て、

「アッラハウスマルドゥク！」

といいました。

トルコ人を乗せたパザルがふわりと浮《う》いて、窓《まど》から出ていきました。

パザルがベランダの手すりをこえたところで、わたしは、

「ギュレ、ギュレ！」

といいました。

わたしはパザルに乗ったトルコ人が西の空に消えるまで見送ってから、魔女時計を見ました。すると、さっきトルコ人が時刻《じこく》合わせをしたときよりも五分ほどすすんでいました。

魔女《まじょ》時計はきちんと動いているようでした。

その夜、わたしはつい遅《おそ》くまで本を読んでしまい、翌朝《よくあさ》、ねぼうをしてしまいました。はっと目をさまし、枕《まくら》もとの目覚まし時計を見ると、十時を二十分ほどすぎていました。

十時に時計から魔女が出てくるのに、残念なことをしたなあ。でも、どうせ見られないなら、もうひと眠《ねむ》りしちゃおうか……、なんて思って、毛布《もうふ》にもぐりこもうとしたとき、いきなり寝室《しんしつ》のドアがバタンと開いたのです。

見れば、だれかが立っているようです。明るいリビングルームを背《せ》にして立っているので、最初はシルエットしかわかりませんでした。目がなれるよりも早く、そのだれかがいいました。

「わたしゃ、きょうはこれで失礼するよ。ふだんなら、出てきても、いちいちあいさつなんかしないいんだけど、きょうは初日だし、まあ、いうことはいっておかないといけないと思ってね。あんた。十時にっていっておいて、用事をいいつけておかなけりゃ、なんのために出てきたのか、わからないじゃないか。」

だんだん目もなれてきたし、その声でもわかりましたが、それは初老《しょろう》の女性《じょせい》のようでした。髪《かみ》はぼさぼさで灰色《はいいろ》。青いだぶだぶのワンピースを着ていて、腰《こし》にはチェックのエプロンをつけています。

「あの……。どちらさまで……。」

といいながらも、わたしは、ひょっとして……と思いました。

あのトルコ人は、空飛ぶ玄関《げんかん》マットとか電気雲とかのほかにも、見えない穴《あな》や見えない島も売るのです。だから〈魔女《まじょ》時計〉だって、ただ時間がくれば魔女の人形が出てきて、ひっこむというようなものではないはずなのです。

わたしはベッドからおりて、女の人にきいてみました。

「あなたは、魔女時計から出ていらしたのですか？」

「そこからじゃなけりゃ、どこから出てきたっていうんだい。そんなことはきまってるじゃないか。」

「やっぱりね……。」

と小さくうなずいてから、わたしは、ドアのところに立っている女の人に、

「そういうことなら、お茶くらいいれましょう。それとも、コーヒーのほうがいいですか。」

といいました。

「コーヒーなら、もう用意したよ。それから、べつに恩着《おんき》せがましくいうわけじゃないが、玄関《げんかん》マットにブラシもかけたし、もちろん、床《ゆか》のそうじもすませたからね。」

女の人はそういうと、ドアからはなれ、リビングルームにもどっていきました。

わたしもすぐに、女の人のあとから寝室《しんしつ》を出て、

「まあ、そこにおすわりください。」

といって、ふたつあるソファのうちのひとつをさししめしました。

見れば、なんだかリビングルーム全体がきれいになっていて、ガラスのテーブルには、わたしのマグカップが置かれています。

女の人がソファに腰《こし》をおろしたところで、わたしはもうひとつのソファにすわりました。

そして、マグカップを手に持ち、なかのコーヒーをひと口飲んで、おもわず声をあげてしまいました。

「これ、すごくおいしいですね！　どうしたんです、これ？」

「どうしたって、このうちにあったコーヒーだよ。ひいた粉《こな》がキッチンにあったから、そ

れを使ったのさ。ただし、あのやくたいもないコーヒーメーカーは使ってないよ。わたしんちの道具を使ったのさ。」

どんな道具を使ったのかはわかりませんが、とても同じ粉《こな》でいれたコーヒーとは思えませんでした。

わたしがコーヒーのふた口目を味わっていると、女の人は、

「それで、あしたは？」

ときいてきました。

「あしたって？」

わたしがききかえすと、女の人はぶっきらぼうにいいました。

「だから、あしたは何時に出てきて、何をしてほしいかって、それをきいてるんだよ。」

わたしはちょっと考えてから、いいました。

「その前に、たしかめておきたいことがあるんです。時間になると、ただあなたが時計のドアから出てきて、それで、ひっこんでしまうだけじゃないってことはわかりました。だけど、何をしてほしいっていわれても、どんなことがしてもらえるのかもわからないし、

それに、じつをいうと、あなたにお手伝《てつだ》いさん代をお支払《しはら》いする余裕《よゆう》は……。」

そこで、女の人はわたしの言葉をさえぎりました。

「あんたね、わたしは金がほしくて、やってるんじゃないよ。やりたくてやってるんだ。いや、やったほうがいいから、やってるんだ。いずれにしたって、自分のためなんだから、気にしないでいいよ。それに、金なら、あんた、もう三万円はらったじゃないか。」

「それじゃあ、何時でもいいから、あなたがしたいことをするっていうのはどうでしょう。」

「それじゃ、だめなんだよ。あんたはまだ若《わか》いから、わからないかもしれないけどね、たとえば、あしたは何時に何々をしなければならないって、そういうことがあるとね、その時間を軸《じく》にして、一日がまわっていくんだから、そういう軸がないと、一日がまわらないのさ。じゃあ、その軸を自分できめればいいじゃないかって思うかもしれないけど、だれだって、根はなまけ者だから、自分できめても、けっきょくは、きょうはまあいいかってことになって、軸のところで何もせず、そうやって、その日はむだに終わるのがおちなんだよ。」

女の人は自信たっぷりにそういいました。

わたしが、

「そうですか。」

というと、女の人はまた自信たっぷりに断言《だんげん》しました。

「そうだよ。」

「そんなもんでしょうか。」

「そんなもんだよ。だから、あしたは何時に何をしてほしいか、いっとくれよ。」

「それじゃあ、何時ころがいいですか。」

「何時でもいいけど、わがままをいわせてもらえば、午前中のほうがいいね。いや、もちろん、午後でもいいし、夜でもいいよ。」

「じゃ、時間は朝の七時で、用事はコーヒーをいれてもらうっていうのは？」

「もちろんオーケーだよ。だけど、コーヒーをいれるだけでいいのかい。もっと時間がかかる用事でもいいよ。」

「時間がかかるって、どれくらい？」

「まあ、最長三時間くらいにしてくれると、たすかるね。」

「三時間もかかる仕事なんて、うちにはありません。」

「じゃあ、きょうはそういうことで、わたしゃ、失礼するよ。」

そういって、女の人が立ちあがったので、わたしはきいてみました。

「時計にもどるんですか。」

「あとでもどるけど、いまは、ちょっとそのへんを見てくるよ。いってみりゃあ、引《ひ》っ越《こ》してきたわけだから、町を見ておいたほうがいいからね。」

女の人はそういって、ベランダの窓《まど》を開けました。

いつ準備《じゅんび》したのか、ベランダには、こげ茶色のブーツが置いてあり、手すりには、庭ぼうきがたてかけてありました。柄《え》の先には、黒いとんがりぼうしがさしてあります。

女の人はブーツをはき、ぼうしをかぶりました。そして、庭ぼうきの柄をつかんで、ま

たがると、そのまま空に舞《ま》いあがったのです。

まあ、魔女《まじょ》だから、それくらいのことはするでしょう。

女の人がいつ帰ってきたのかわかりませんが、次の朝、午前六時五十五分から、わたしが魔女時計の前で待ちかまえていると、ちょうど七時になって、文字盤《もじばん》の右のドアが音もなく開き、小さな女の人があらわれました。そして、床《ゆか》にむかって跳《と》びおりたのですが、

床についたときにはもう、きのうの女の人になっていました。
ただし、ワンピースの色とエプロンはちがっていました。ワンピースは緑で、エプロンは黒地に赤いバラが刺繍《ししゅう》してあります。右手には庭ぼうき、左手にはブーツを持っています。きのうとちがって、背中《せなか》にリュックのようなものをしょっています。
「やあ、おはよう。すぐにコーヒーをいれてやるよ。」
女の人はそういうと、まず、ベランダの窓を開け、そこにブーツを置き、手すりに庭ぼうきをたてかけました。それか

ら、キッチンにいって、リュックからドリップ式のコーヒーセットを出し、うちの粉《こな》で、コーヒーをいれはじめました。

「おはようございます。」

そういってから、わたしがそばで見ていると、女の人はちらりとわたしを見てから、いいました。

「きょうも出かけるけど、何か必要なものがあったら、買ってきてやるよ。むろん、実費《じっぴ》はもらうけどね。」

「いや、べつに買ってきてもらわなけりゃならないものはありません。」

「そうかい。それならいいけどね。」

女の人はそういうと、できあがったコーヒーをわたしのマグカップにそそいで、それをわたしに手わたしました。

「ありがとうございます。」

といって、わたしはコーヒーをひと口飲んだのですが、それがまたきのうのと同じで、とてもおいしいのです。

「おいしいですね。」

わたしがそういうと、女の人は、ドリップ式のコーヒーセットを流しで洗い、リュックにしまいました。そして、そのリュックから、きのうと同じとんがりぼうしを出して、かぶりました。それから、ベランダに出て、ブーツをはき、庭ぼうきにまたがって、どこかに飛んでいってしまいました。

その日によって、やってもらうことはちがったりもしましたが、平日は午前七時、土曜と日曜は午前十時に、わたしは女の人に出てきてもらうことにしました。やってもらうことは、わたしが自分でやっても十分で終わることばかりでした。でも、キッチンのそうじをたのんだら、換気扇《かんきせん》のなかまでピカピカにしてくれました。

それ以外では、わたしの生活は何もかわりませんでした。予約した時間に、女の人と顔を合わすこともあれば、合わさないで、用事だけやってもらってしまうこともありました。

もちろん、顔を合わせれば、ひとことふたこと、口をききましたが、たとえば、いま、年がいくつで、これまでどんなところにいたのかとか、いったい正体は何者なのかとか、そういうことをたずねたりはしなかったし、むこうもあれこれわたしに質問《しつもん》してくることはありませんでした。わたしとその初老《しょろう》の女の人とはそれなりにうまくいっていました。

二週間たって、土曜の朝、わたしがベランダで外を見ていると、西の空に小さな点があらわれました。わたしはすぐにそれがパザルに乗ったトルコ人だとわかりました。

トルコ人はうちのベランダで、部屋の床《ゆか》と同じ高さでパザルをとめると、靴《くつ》をぬいで、立ちあがり、

「ギュナイドゥン！　失礼して、あがらせていただきます。」

といって、そのままリビングルームにはいってきました。

約束の日だし、そんなこともあろうかと思って、わたしはあらかじめスリッパを窓《まど》の近くに置いておき、

「ギュナイドゥン！　まあ、スリッパをどうぞ。」

といいました。

発音がうまくいき、わたしはほっとしました。

トルコ人はスリッパをはくと、わたしにたずねました。

「いかがでしたか、魔女時計《まじょどけい》は?」

「なかに住んでおられるかたもいいかたですし、時計そのものも、なんというかアンティークですてきです。ですから、クーリング・オフは……。」

わたしがそこまでいうと、トルコ人は、

「まあ、そうでしょうねえ。あなたが気にいってくださることはわかっていたし、こういうことはおたがいの相性《あいしょう》ってこともあるので、あのおばあさんのこともじゅうぶんに考えて、あなたに買っていただいたのですが……。」

といって、そのあと、いつになく気まずそうに、

「けれども、じつをもうしますと、わたしの古くからのお客様で、あの時計がどうしても必要になったかたがおられるのですよ。それで、なんというか、時計を買いもどさせていただきたいのですが……。」

といい、そこでいったん言葉をとぎらせ、それから、

「もちろん、お売りしたときと同じ値段《ねだん》でとはもうしません。このての商品というのは美《び》

術品《じゅつひん》と同じで、値段《ねだん》があってないようなものなのです。ですから、もしあなたが三万円の百倍でも売りたくないとおっしゃれば、こちらとしては、じゃあ、二百倍の六百万円でともうしあげることになります。ありていにもうしあげますと、そのお客様はずいぶんなお年よりなのです。いえ、お金には不自由しておられませんが、ひとり暮《ぐ》らしをなさっていて……。」

といって、また言葉をとぎらせました。

わたしはだいたいの事情《じじょう》がわかりました。そこで、

「そのかた、お年よりということですが、おいくつなのです。」

ときいてみました。

トルコ人は答えました。

「今年、八十七歳《さい》になられます。」

「わかりました。では、こういうのはいかがでしょう。クーリング・オフはしないし、あなたにお売りすることもしません。そのかわり、時計が必要でなくなるまで、そのご老人《ろうじん》にお貸《か》しするというのは？　もちろん、レンタル料をくれなどとはいいません。」

わたしの申し出に、トルコ人はぱっと顔を明るくして、

「そうですか。テシェキュレデリム！　そうしていただくと、ほんとうにたすかります！　テシェキュレデリム！」

といい、パザルをリビングルームに呼《よ》びいれて、その上に乗って、あぐらをかきました。それから、壁《かべ》ぎわでパザルを時計の近くまであがらせ、壁から時計をはずしました。そして、パザルにのせてあったダンボール箱《ばこ》に手ぎわよく梱包《こんぽう》しました。

「このあいだまであった時計はどこです。ついでに、かけておきますが。」

トルコ人はそういいましたが、わたしは、

「いいえ。自分でやりますから、だいじょうぶです。」

といいました。

「そうですか。それじゃあ、きょうはいそぎますので、これで失礼します。テシェキュレデリム！　ほんとうに、テシェキュレデリム！　そして、アッラハウスマルドゥク！」

トルコ人はわたしにそういうと、パザルに声をかけました。

「テシェキュレデリム！　さあ、パザル。飛んで、ローマにいこう！」

そして、わたしが、

「ギュレ、ギュレ！」

といったときにはもう、パザルはベランダの手すりをこえていました。

ふしぎな魔女《まじょ》時計を必要としている老人《ろうじん》はローマに住んでいるようです。ということは、あの初老の女の人はイタリア語もできるのでしょう。

二週間前と同じように、わたしはトルコ人とパザルが西の空に消えるまで見送りました。

そして、リビングルームにもどると、ダイニングチェアを壁《かべ》によせてから、前に使っていたまるい時計を出してきて、もとの場所にかけました。

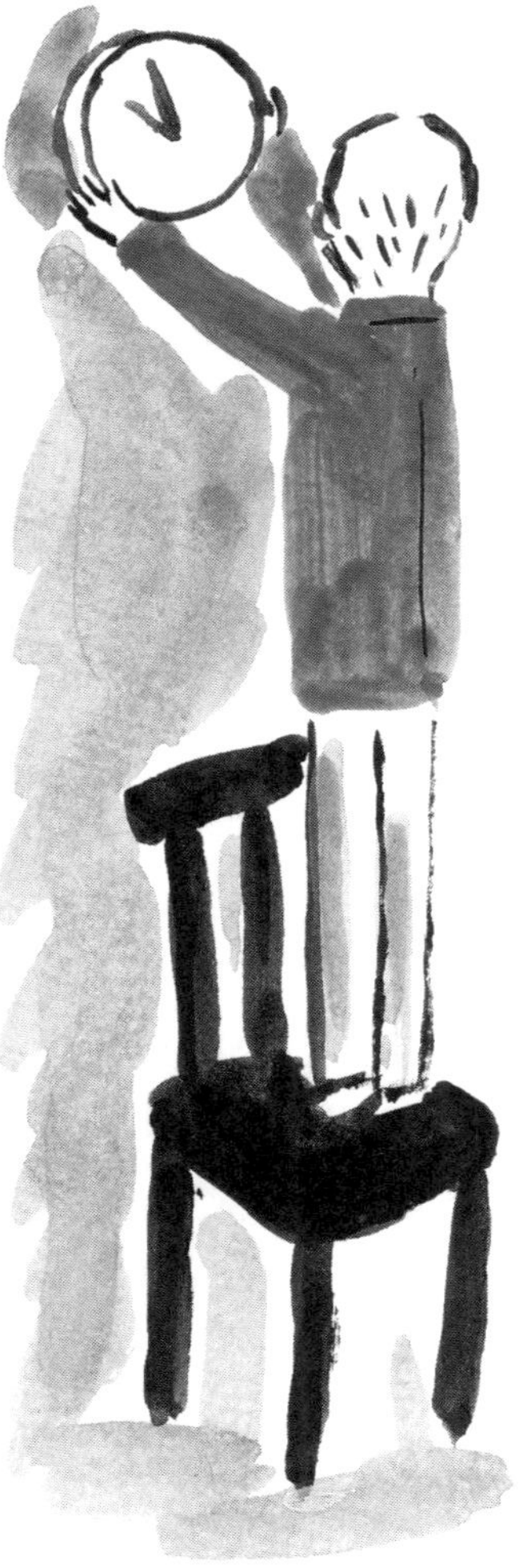

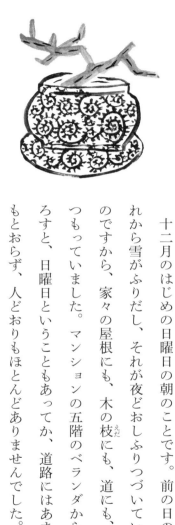

ふしぎなペット

十二月のはじめの日曜日の朝のことです。前の日の夕暮《ゆうぐ》れから雪がふりだし、それが夜どおしふりつづいていたものですから、家々の屋根にも、木の枝《えだ》にも、道にも、雪がつもっていました。マンションの五階のベランダから見おろすと、日曜日ということもあってか、道路にはあまり車もとおらず、人どおりもほとんどありませんでした。

朝といっても、もう九時をすぎていました。わたしは厚《あつ》手《で》のセーターを着こみ、コーヒーカップを片手《かたて》に、ベランダに出て、外を見ていたわけですが、寒いのをがまんして、どうしてそんなことをしていたかというと、そういう雪の日に外に出ないですむことの運のよさを味わうためでした。

たとえば、もし、その日曜日の朝、ホットケーキを作ろうと思っていたとしましょう。それで、ホットケーキのもとの粉《こな》もあるし、バターもあるし、たまごもあるのに、冷《れい》蔵庫《ぞうこ》の牛乳《ぎゅうにゅう》の消費期限《しょうひきげん》がすぎていたらどうでしょう。外が晴れていれば、散歩がてら近所のコンビニにいって、牛乳を買ってくればすむことです。ところが、その日、雪がふっていて、くるぶしくらいまでつもっていたとしたらどうでしょう。選択肢《せんたくし》は三つです。その一は、ここを先途《せんど》と度胸《どきょう》だめし、消費期限をすぎている牛乳を使って、ホットケーキを作って食べる。その二は、ホットケーキをあきらめる。そして、その三は、長靴《ながぐつ》をはき、傘《かさ》をさして、コンビニに出かける、です。

もっともわたしの場合、チャルシャムバがいますから、ふつうの人よりはだいぶ楽です。

「テシェキュレデリム！　さあ、チャルシャムバ。飛んで、近所のコンビニにいこう！」

といえば、チャルシャムバがわたしを近所のコンビニにつれていってくれます。

しかも、チャルシャムバに乗っているかぎり、雨や雪がどんなにふっていても、ぬれることはありません。どうしてそうなるのか、原理はわかりませんが、飛行機に乗っているのと同じなのです。

そうはいっても、その空飛ぶ玄関《げんかん》マットのチャルシャムバに乗ったまま、コンビニの店内に乗りこんでは、人々を驚《おどろ》かしてしまうので、やはり、目立たないように、コンビニの裏《うら》あたりで、チャルシャムバからおりなければならないわけで、そこからコンビニのドアまでは傘《かさ》が必要です。だから、いくら空飛ぶ玄関《げんかん》マットがうちにいるとしても、雪の日にそれに乗り、買い物にいくのはめんどうなのです。

そうそう、いまわたしは、

〈いくら空飛ぶ玄関マットがうちにいるとしても、〉

といって、

〈いくら空飛ぶ玄関マットがうちにあるとしても、〉

とはいいませんでした。存在《そんざい》をあらわす英語"be"動詞《どうし》を日本語にすると、主語が物なら〈ある〉で、人や動物なら〈いる〉です。空飛ぶ玄関マットは人や動物ではなく、見た目は物ですから、本来なら、

〈いくら空飛ぶ玄関マットがうちにあるとしても、〉

といわなければならないのでしょうが、そんなふうに思うのは、自分のうちに空飛ぶ玄関マットがいないからです。なにしろ、

「テシェキュレデリム！　さあ、チャルシャムバ。飛んで、近所のコンビニにいこう！」

といえば、すぐにつれていってくれる空飛ぶ玄関《げんかん》マットなのです。とても物あつかいはできません。

このあいだ、近くのホームセンターにいったら、そこは、手《て》押《お》し車《ぐるま》に乗せていれば、ペットも入店可なのですが、三十代とおぼしき女性《じょせい》が手押し車にプードルを乗せていました。そして、そのプードルが小さく吠《ほ》えたとき、女性はこういったのです。

「セリちゃん。お店に入ったら、静かにしてなくちゃだめだって、さっき、ママがそういったよね！」

べつに、その女性がほかに小さな女の子をつれていたわけではありません。女性はプードルにそういったのです。動物を飼《か》ったことがないと、不気味に感じるかもしれませんが、わたしには女性の気持ちがわかります。

それはともかく、もし雪の日に、たりないものがあって、それを買いにいくとしたら、けっこうめんどうくさく、そんなことをしないでいいとすれば、そうしなくてすむ自分の運のよさをよろこびながら、ベランダから外の雪景色《ゆきげしき》を見たくなるというものです。

そんなわけで、わたしはコーヒーカップを片手《かたて》に、ベランダから外を見ていたのですが、

そのとき、灰色《はいいろ》の空に何やら赤いものがちらりと見えました。

なにしろ雪がふっているので、遠くまでは見えません。その赤いものがわたしの目に入ったときには、もうそれはずいぶん近くにきて、次の瞬間《しゅんかん》には、あのトルコ人の声が聞こえました。

「ギュナイドゥン！」

わたしはドゥがドにならないように気をつけて、

「ギュナイドゥン！」

と答えました。

あのトルコ人が空飛ぶじゅうたんに乗って、やってきたのです。

赤いものはトルコ人のベストでした。

トルコ人は空飛ぶじゅうたんのパザルに乗ったまま、手すりをこえて、ベランダに入ってきました。そして、わたしの腰《こし》の高さくらいのところで、パザルを止めました。わたしの部屋のベランダはせまいので、わたしとトルコ人のパザルで満員になってしまいます。

トルコ人はもう一度、

「ギュナイドゥン！」

といってから、

「いやはや、よくふりますなあ。」

といいたしました。

外国人というのは、この人、日本で育ったんじゃないだろうかと思うくらい日本語がうまくても、〈いやはや〉などという日本語は使わないものです。このトルコ人は日本語が非常《ひじょう》にじょうずなだけではなく、語彙《ごい》も外国人っぽくないのです。

「そうですね。」

わたしがそう答えると、トルコ人は、自分が飛んできた空をふりむき、

「しかし、なんですねえ。こうやってふりつづけていたら、東京の交通は麻痺《まひ》してしまうでしょうねえ。いま、ここにくるときも、富士山からこっちでは、一機も飛行機とすれちがいませんでしたよ。」

といい、それから、開いている窓《まど》から部屋のなかをのぞきこみました。

この〈しかし、なんですねえ。〉という日本語も、外国人があまり使わない日本語です。

それはともかく、わたしはトルコ人のうしろにのっているものをちらりと見てから、トルコ人にすすめました。

「とにかく、ここではなんですから、なかに入りませんか。そのままどうぞ。」

トルコ人のうしろには、黒い靴《くつ》と、それから直径五十センチくらいの、白地に青の唐草《からくさ》もようのトルコ風な植木鉢《うえきばち》がありました。それは、どう見てもその植木鉢とおそろいの皿にのっています。そして、その植木鉢に植わっているのは葉も花もない木でした。高さは植木鉢も入れて、トルコ人の座高《ざこう》か、それよりいくらか低いくらいでした。それは、十中八九《じっちゅうはっく》、その日のトルコ人の商品なのです。

トルコ人はパザルに、トルコ語と思われる言葉で何か話しかけました。すると、パザルはベランダから二十センチくらいの高さにさがり、そのままするうっと部屋のなかに入りました。わたしはベランダ用のサンダルをぬぎ、パザルにつづいて、部屋に入り、窓《まど》を閉《し》めました。

わたしが、

「コーヒーでよかったら、いれたばかりですから、いかがですか。」

というと、トルコ人は、

「ぜひいただきたいですね。」

と答え、パザルから立ちあがり、フローリングの床《ゆか》におりました。

わたしがキッチンのほうにいきながら、

「ソファにすわって、待っていてください。すぐにコーヒーをいれてきます。ミルクや砂《さ》糖《とう》はどうします。」

というと、

「ブラックでお願いします。」

という声が聞こえました。

来客用のイギリス製《せい》のコーヒーカップにコーヒーをそそぎ、それと自分用のマグカップに入ったコーヒーをお盆《ぼん》にのせてもどってくると、いつのまにかパザルはくるくるとまかれ、壁《かべ》にたてかけてありました。植木鉢《うえきばち》はソファの前のガラステーブルの横に置かれています。

わたしはガラステーブルの上に、ふたつのカップを置き、ガラステーブルの前にあるい

すに腰《こし》をおろしました。そして、

「まあ、どうぞ。」

とコーヒーをすすめてから、植木鉢《うえきばち》を見ながら、たずねました。

「きょうの売り物はそれですか?」

「まあ、そうです。いかがです?」

トルコ人がうなずいたところで、わたしはききました。

「これ、梅《うめ》ですよね。」

トルコ人がもう一度うなずきました。

「そうです。紅梅《こうばい》です。」

「もうすぐお正月ですからね。でも、これ、ただの梅の木じゃないんでしょ。」

わたしがそういうと、トルコ人は、

「もちろん、ただではありません。」

といいました。

いくら日本語がうまいといっても、やはり外国人です。〈ただの〉という意味をまちがえたようです。わたしは、〈ごくふつうの〉という意味でいったのですが、トルコ人は、〈無料の〉という意味だと勘《かん》ちがいしたのでしょう。

すかさずわたしが、

「いや、ただのっていうのは……。」

といいかけると、トルコ人は、

「わかっていますよ。あなたがおっしゃったのは、なんのへんてつもない梅《うめ》の木という意味でしょ。ちょっとぼけたことをいっただけですよ。」

といってから、

「それより、きょう、あなたは、『ギュナイドン』っておっしゃらずに、きちんと、『ギュナイドゥン』と発音されましたね。」

とほめているのだか、いやみをいっているのだかわからないことをいい、まるでどうでもいいことのように、わたしにききました。

「それで、これ、五万円でどうです?」

五万円ならうちにあるし、買えないことはないのですが、買うか買わないかはその木の仕掛《しか》けしだいです。

わたしはたずねました。

「もちろん、その梅《うめ》の木はただの……というか、ふつうの梅の木じゃないんですよね。」

すると、トルコ人はあたりまえのように答えました。

「いえ、ふつうの梅の木ですよ。去年、もっと底の浅い鉢《はち》に入っていたのを、わたしがホームセンターで買ったものですからね。鉢こみで二千五百円でしたから、そんなに上等な木じゃないでしょうねえ。」

木がふつうなら、ふつうじゃないのは植木鉢でしょう。

「それなら、そのトルコ風の植木鉢か、さもなければ、お皿に何かあるんでしょうね。たとえば……」

といってから、植木鉢がらみで起こりそうなふしぎについて、わたしは考えをめぐらせました。そして、

「たとえば、そこに木を植えると、どんどん大きくなるとか？」

といってみました。

するとトルコ人はあきれたように、こういいました。

「あなた、ここに住んでらっしゃるんですよね。そんな、木を植えたらどんどん大きくなってしまうような植木鉢《うえきばち》が必要ですか。そんなもの、たとえただでもらったって、迷惑《めいわく》なだけでしょう。たとえば、いま植わっている梅《うめ》の木がですよ。あしたになったら、幹《みき》が鉢からパンパンにはみでていて、枝《えだ》なんか、ぐんぐんのびて、部屋いっぱいにひろがって、枝の先がキッチンの流しの蛇口《じゃぐち》に、ぐるぐるまきついていたりしたら、どうします？『ジャックと豆の木』の豆の木だって、植木鉢じゃ、無理でしょう。」

ときどき、慇懃無礼《いんぎんぶれい》というかなんというか、そのトルコ人はそういう馬鹿《ばか》にしたようなことをいうのです。

わたしは少しむっとして、いいました。

「それなら、どんな仕掛《しか》けがあるんです。その植木鉢に。」

すると、トルコ人はコーヒーカップに手をのばし、ひと口コーヒーをすすり、

「これは、なかなか上等なコーヒーですね。」

といってから、またもやあたりまえのようにいいました。

「植木鉢《うえきばち》と皿はわたしが趣味《しゅみ》で焼《や》いたものですから、とてもお金がもらえるようなものではありません。もちろん、仕掛《しか》けなんかありません。植木鉢と皿だけでしたら、あなたはお得意様《とくいさま》ですから、お歳暮《せいぼ》がわりに、さしあげますよ。なんなら、二千五百円の梅《うめ》の木もさしあげます。あんな木でも、花が咲《さ》くとけっこうきれいですからね。もともと、どれも、きょう持ってきたもののおまけにすぎません。」

梅の木にも、鉢と皿にも仕掛けがないとすれば、残りは……。

わたしは少し考えてから、

「わかった！」

とつい声をはりあげ、そのあと、

「土だ！」

といおうとすると、それより早くトルコ人がいいました。

「いっておきますが、土はうちの庭の土ですよ。この木には合っているようですが、ふつうの土です。」

「じゃあ、どうしてこれが五万円なんです。植木鉢《うえきばち》とお皿ごとわたしがもらってしまって

もいいものなら、五万円のものはどこにあるんです！」

わたしがいくらかきつい口調でそういうと、トルコ人は手にしたコーヒーカップをソーサーの上にもどしてから、

「肉眼《にくがん》ではなく、心眼《しんがん》で見てください。」

といって、梅《うめ》の木を見つめました。

「心眼でって……。」

とつぶやきながら、わたしもその木を見つめました。

でも、いくら見つめても、梅の木は梅の木のままです。

「心眼で見たつもりになっても、何も見えませんが……。」

わたしの言葉に、トルコ人は大きくうなずいて、いいきりました。

「そうでしょう！　そんな、心眼なんていう、いかにも東アジア風な精神論《せいしんろん》が通用するほど、ジュマーはヤワではないのです！」

「ジュマーはヤワじゃないって、ジュマーって何……？」

わたしがそういうと、トルコ人は、

「ほら、枝《えだ》が一本だけ、いくらか不自然にかたむいているのがわかりませんか？」

といいました。

なるほど、根本からふたつにわかれている枝の細いほうの先がいくらか下むきに、うなだれたようになっています。

わたしがその枝を見ていると、トルコ人がいいはなちました。

「あそこにジュマーがいるのです！」

「そんなこと、いっても……。」

わたしがそういうと、トルコ人は、木にむかって、トルコ語らしい言葉で何かいいました。そのなかに、『ジュマー』という言葉が入っているのは、わたしにも聞きとれました。

何か重いものがのっていて、それがなくなったときのように、梅《うめ》の枝がいくらか、はねあがりました。けれども、それもほんの十秒ほどでした。いきなりまた、枝が下にかたむきました。

わたしはトルコ人の顔を見て、たずねました。

「何かがあの枝《えだ》にのっていて、それが一度跳《と》びおりてから、また跳びのったのですか？」

すると、トルコ人は答えました。

「その言葉は半分あたっていますが、半分はずれています。のっていたというよりは、ぶらさがっていたのです。また、跳びおりたというよりは、飛びたったのです。そしてまた、もどってきたというわけです。」

間髪《かんはつ》を入れずに、わたしはたずねました。

「何が？」

「ジュマーがです！」

「ジュマーとは？」

さらにわたしがたずねると、トルコ人はトルコ語らしい言葉で何かいいましたが、もちろんわたしにはわかりません。すると、トルコ人は、

「あなた、やっぱりトルコ語を勉強する気はありませんね。」

といって、ため息をついてから、ぽつりと、

「つまりコウモリですよ。」

といい、それから、こうつけたしました。

「ジュマーというのはコウモリの名前です。」

「コウモリの名前……。」

わたしはそうつぶやきながら、梅《うめ》の枝《えだ》を見つめましたが、枝はいくらかさがったまま、静止しています。もちろん、コウモリなんて見えません。

そうはいっても、うちには見えない穴《あな》があります。これは意外に使い道がなく、部屋のすみに置きっぱなしになっていて、ときどき置いたのを忘《わす》れてしまい、つまさきをぶつけて痛《いた》い思いをしたりします。

それで、わたしはあるのに見えないものについては、いわば免疫《めんえき》があるので、それほどふしぎには思わないのですが、コウモリといえば生き物です。見えない生き物となると、〈見えない〉についていくらか免疫があるわたしでも、驚《おどろ》かないわけにはいきませんでした。

「そこに、コウモリがいるんですか。」

そういって、わたしがトルコ人の顔を見ると、トルコ人は小さくうなずき、

「姿《すがた》をごらんになりたいですか？」

といいました。

「ええ……。」

わたしがうなずくと、トルコ人は梅《うめ》の木にむかって、またもやトルコ語らしい言葉で何かいいました。すると、梅の枝《えだ》がいくらか上をむきました。

トルコ人はいいました。

「あなた。この部屋に、前にお買いあげいただいた穴《あな》が置いてありますよね。そのなかをのぞいてみてください。」

わたしはいすから立ちあがり、部屋のすみまでいって、見えない穴をのぞいてみました。

「あっ！」

おもわずわたしは声をあげてしまいました。

見えない穴の底に、モルモットくらいの大きさの黒い生き物がうずくまっています。たたまれてはいましたが、たしかに翼《つばさ》があります。それがみょうに愛らしく、わたしは穴に両手をつっこみ、すくいあげるようにして、その動物を持ちあげました。小さな哺乳動《ほにゅうどう》物《ぶつ》特有の温かみがてのひらにつたわってきました。ところが、穴から出したとたん、その生き物は消えてしまい、消えると同時に、両手が軽くなりました。消えたのは見えない穴《あな》から外に出たからで、手が軽くなったのはそれが飛びたったからでしょう。

わたしはすぐにわかりました。

マイナスにマイナスをかけると、プラスになるように、見えない穴に見えない生き物が入ると、見えるようになるのです！

それからほんの一秒か二秒後、梅《うめ》の枝《えだ》がふたたびいくらかおじぎをしたようになりました。すると、とつぜん、トルコ人が拍手《はくしゅ》をして、いいました。

「合格《ごうかく》、合格！　あなたはジュマーを気持ち悪がらずに、しかもだいじそうに両手で持ったし、ジュマーはあなたにかみつきませんでした。これはもう、相性《あいしょう》ぴったりということですね。では、五万円いただきます。」

じつはわたしは子どものころ、モルモットを飼《か》っていたことがあります。あるとき、そのモルモットは顎《あご》の病気にかかり、肝臓病《かんぞうびょう》も併発《へいはつ》し、半年間の介護《かいご》もむなしく、忘《わす》れもしない秋の夕刻《ゆうこく》、世を去りました。そのモルモットのことを思い出すと、わたしはいまでも目がうるうるしてきてしまうのです。つまり、わたしはネズミみたいな動物には、なれているのです。

「だけど、飼い方がわかりません。」

わたしがそういうと、トルコ人はいかにも商人風にほほえんで答えました。

「買い方はかんたんです。あなたがわたしに五万円はらう。わたしはコーヒーを飲みおわったら帰る。それで完了《かんりょう》です。買い方はかんたん。いつでも、にこにこ現金《げんきん》取り引き。これがわたしのモットーです。」

「いえ、その買い方じゃなくて……。」

わたしがそこまでいうと、トルコ人はうなずいて、

「わかってますよ。ちょっと冗談《じょうだん》をいっただけです。あなたがおっしゃったのは、飼育《しいく》のことでしょ。それもまた、かんたんです。ジュマーは自立したコウモリですからね。夜、

おやすみになる前に、窓《まど》を開けてください。そうすると、ジュマーは外に飛んでいきます。朝になったら、窓を開けてください。そうすると、部屋に入ってきます。まあ、夜遊びが好きなネコと同じです。食べ物も自分でさがして食べますから、まあ、やらなくてもいいのですが、それじゃあ飼《か》っているっていう感じがしないとおっしゃるなら、ときどき、くだものをやってください。」

といい、ズボンのポケットから、キンカンのような小さな柑橘類《かんきつるい》を出しました。そして、手をのばし、梅《うめ》の木の枝《えだ》にさしだしました。すると、たちまちその柑橘類が消えたのです。

くだものが消えてしまうと、トルコ人はいいました。

「いまのより大きいものでしたら、切ってやってください。あなたがくだものを食べるときに、わけてやればいいっていう感じでやってください。」

「わかりました。」

自分でも、いつわたしがそのコウモリを買って、飼うことにきめたのかわかりませんが、わたしは立ちあがり、寝室《しんしつ》にいき、財布《さいふ》を持って、もどってきました。そして、そのなかから一万円札を五枚《まい》出して、トルコ人にさしだしました。

トルコ人は立ちあがり、

「テシェキュレデリム！　毎度ありがとうございます。」

といって、その五万円を受けとりました。

そのとき、わたしはだいじなことに気づき、

「だけど、コウモリのジュマーは日本語がわかるんですか？」

とききいてみました。ジュマーがトルコ語しかわからなければ、こまると思ったのです。

すると、トルコ人はまたもやあたりまえみたいな口調で、

「日本語はいまのところ、ぜんぜんわかりません。」

といってから、いくらか声をはりあげ、

「でも、だいじょうぶ！」

といいはなちました。

「だけど、日本語がわからないと……。」

そういったわたしの言葉をトルコ人がさえぎりました。

「あなたね。たとえば、イヌとかネコとかをペットショップで買うとき、『これ、日本語がわかりますか。』なんて、おたずねになりますか？　そんなことをしている人、見たことありませんよ。動物とのコミュニケーションは、愛情《あいじょう》しだいで、なんとでもなるものです。」

それはそうかもしれない、と、ついわたしは納得《なっとく》してしまいました。

いつのまにか、トルコ人のパザルは床《ゆか》より少し上に浮《う》いて、ひろがっていました。

トルコ人はその空飛ぶじゅうたんに乗り、あぐらをかきました。そして、

「すみませんが、ベランダの窓《まど》を開けていただけませんか。」

といいました。

いわれたとおり、わたしが窓《まど》を開けると、トルコ人はわたしにではなく、パザルに、ト

ルコ語で何かいいましたが、わたしには、〈テシェキュレデリム〉と〈パザル〉しか聞きとれませんでした。

トルコ人を乗せたパザルはふわりと浮《う》いて、ベランダに出ていきました。そして、ベランダの手すりを飛びこえたところで、トルコ人がパザルに何か話しかけました。すると、パザルは水平方向に百八十度回転し、トルコ人はわたしのほうにむきました。

「そうそう。さっきわたしがきたとき、あなたはそこで、こんな雪の日に、傘《かさ》をさして外に出ないでいいことで、ちょっと優越感《ゆうえつかん》みたいなものを感じていたでしょう。いえ、かくしても、わかりますよ。わたしくらいのベテランの商人になりますと、お客様のお顔を拝《はい》見《けん》しただけで、それくらい、すぐにわかってしまうのです。」

いったいトルコ人が何をいいたいのか、わたしにはわからず、だまっていると、トルコ人は言葉をつづけました。

「ジュマーですけどね。雨の日なんかに、いっしょに外出すると、あなたの頭のすぐ上で低速飛行してくれます。ああ見えて、なかなか翼《つばさ》が大きいのですよ。ですから、横なぐりの豪雨《ごうう》でさえなければ、あなた、傘《かさ》なしで歩けますよ。」

それから、トルコ人は、

「ハハハ！」

と声をあげ、

「コウモリなだけに、こうもり傘だなんてね。では、失礼します！　アッラハウスマルドゥク！」

といい、今度は日本語でパザルに、

「テシェキュレデリム！　さあ、パザル。飛んで、イスタンブールへ帰ろう！」

と声をかけました。

「ギュレ、ギュレ……。」

わたしがトルコ語で〈さようなら〉をいうと、パザルに乗ったトルコ人は、まだ雪がふっている灰色《はいいろ》の空のなかへと、しだいに消えていったのです。

雪は夕方にやみました。それから、一週間ほどたち、歩道の雪も消えたころ、雨がふりました。そこで、わたしは、梅《うめ》の木にむかって、

「ジュマー。近所のコンビニにいくんだけど、いっしょにいかないか？」

とさそってみました。

それまでも、わたしはジュマーに、

「ジュマー。これ、温州《うんしゅう》みかんなんだけど、食べてみる？」

とか、

「ちょっと、本屋にいってくるよ、ジュマー。」

とか、なるべく話しかけるようにしていました。それで、見えない穴《あな》を指さして、

「ジュマー。ちょっときみを見てみたいんだけど、あの見えない穴に入ってくれないかな。」

と梅《うめ》の木にむかっていうと、ジュマーは飛びたち、見えない穴に入って、わたしに姿《すがた》を見せてくれるようには、なっていました。

コンビニにさそうと、梅の枝《えだ》が少しあがったので、ジュマーが飛びたったのがわかりました。

わたしは外に出るとき、数秒間ドアを大きく開けっぱなしにしてから、閉《し》めました。ジュマーが外に出やすいようにしたつもりです。

わたしは傘《かさ》を持っていきませんでしたが、けっこう雨がふっていたのに、ぬれたのはズ

ボンの裾《すそ》だけでした。
テシェキュレデリム、ジュマー！

ふしぎなゴーグル

クリスマスも近いある土曜日の朝、洗ったジーンズをベランダで干していたとき、ふと西の空を見ると、うすぐもりのなか、小さな点がぽつりと見えました。見ていると、その点はだんだん大きくなっていきます。だれかがこちらにむかって、空を飛んでくるようでした。

この季節、空を飛んでくるといえば、ふつう、まっさきに思いつくのは、サンタクロースでしょう。でも、これまで、うちにはサンタクロースは一度もきたことがありません。うちだけじゃなくて、いったい、空からサンタクロースがくるのを見たことがある人なんかいるのでしょうか。

まあ、よそのうちのことはわかりませんが、どんな季節であっても、空を飛んでくる人がいるとすれば、うちの場合、それはトルコ人の商人です。

わたしはぬれたジーンズをベランダの手すりにかけて、トルコ人を待ちました。

やがて、五階のマンションのベランダの手すりのむこうにやってきたトルコ人は、空飛ぶじゅうたんのパザルをそこに止め、わたしに、

「ギュナイドゥン！」

とあいさつしました。

わたしは〈ドゥン〉が〈ドン〉にならないように注意して、

「ギュナイドゥン！」

といいました。

すると、トルコ人は、

「あなた、このごろ、発音がいいですね。」

とわたしをほめてから、

「いいですか？」

といい、それからすぐに、こういいたしました。

「あ、いま、『いいですか？』とおたずねしたのは、入ってもいいですか、という意味で

す。発音のことではありません。だって、そうでしょう。わたしが『いいですね。』とほめたあと、あなたが、『いいですか。』とききかえすならわかりますが、『いいですね。』といったわたし自身が『いいですか?』じゃねえ。会話が成立しませんよ。」

「もちろん、あなたが『いいですか?』とおたずねになったのがわたしの発音のことじゃないくらい、すぐにわかります。まあ、どうぞ、おあがりください。すぐに、飲み物を用意します。コーヒーと紅茶《こうちゃ》のどちらがいいですか。」

わたしはそういって、ベランダからリビングルームに入りました。すると、トルコ人は靴《くつ》をぬぎ、手をのばして、それをパザルの上に置くと、あとから入ってきました。そして、

「じゃあ、コーヒーをいただきます。」

といって、ソファに腰《こし》をおろしました。

わたしはふたりぶんのコーヒーをお盆《ぼん》にのせ、それをテーブルの上に置いて、トルコ人のむかい側にすわりました。それから、コーヒーカップをトルコ人の前と自分の前に置いて、

「まあ、どうぞ。」

といいました。

「いただきます。」

といって、コーヒーをひと口飲むと、トルコ人は小さなため息をついてから、

「おいしいですねえ。」

といい、部屋をぐるりと見わたしました。

「まだ、ものはおけそうですね。」

そんなことをいうところをみると、今回持ってきた品物は大きなものかもしれないと、わたしは思いました。でも、トルコ人は小さなバッグを肩からななめがけにしているだけで、荷物を持ってはいないし、いつのまにか、ベランダに入ってきて、そこで浮いているパザルにも、トルコ人の靴《くつ》のほか、何かがのっているようでもありません。

トルコ人がもうひと口コーヒーを飲んで、そのあとだまっているので、わたしのほうからたずねました。

「きょうは、どんなものを持ってらしたんですか？」

「きょうはですね、こんなものをお持ちしたんですけどね。」

トルコ人はそういいながら、小さなバッグのなかから、ゴーグルをひとつ出して、ガラ

ステーブルの上に置きました。

レンズの大きさから見て、水泳用ではないようです。

わたしがゴーグルをながめていると、トルコ人はいいました。

「それ、レンズは特殊《とくしゅ》なものですが、フレームはむかしの飛行機乗りが使っていたもののレプリカです。つまり、模造品《もぞうひん》ですね。どうです、かっこいいでしょ。ま、つけてみてください。」

まさか、そのゴーグルを使うと、着ているものがすけて、はだかが見えてしまうというような、そんなことはないだろうと思いながら、わたしはそのゴーグルを手にとり、顔につけてみました。

やっぱり、着ているものがすけて、はだかが見えるなんていうことはなく、トルコ人を見ると、白いシャツに赤いベストすがたでした。

わたしはリビングルームをぐるりと見まわしました。でも、そこには毎日見なれているものがあるだけで、とくべつにかわったものは見えません。

見えないコウモリのジュマーは、なにしろ見えないので、どこにも見えませんが、うち

のなかのどこかにいるにちがいありません。たぶん、玄関《げんかん》の靴箱《くつばこ》の上にある鉢植《はちう》えの梅《うめ》の枝《えだ》に、さかさになってぶらさがっているのでしょう。それから、見えないということでは同類の見えない穴《あな》も、リビングルームに置いてあります。でも、くどいようですが、それも見えないから、見えません。

さらに、トルコ人にもらったエッグカップはといえば、やはり見えません。でも、それはエッグカップがもともと見えないからではなく、台所の戸棚《とだな》に入っているから、リビングルームからは見えないのです。

そんなわけで、わたしは、

「べつに、どうということはありませんけど……。」

といったのですが、その瞬間《しゅんかん》、はっとしました。

わかった！　これはこの世のものではないものが見えてしまうゴーグルなのだ！　幽霊《ゆうれい》がいれば、見えてしまうにちがいない。

わたしは思ったことをトルコ人にいってみました。

「これ、あれでしょ。幽霊なんかが見えてしまうやつですよね。でも、よかった、この部屋にはあやしいものはいないようです。」

すると、トルコ人はゴーグルのレンズごしに、わたしの目をのぞきこむように見て、ため息をひとつつきました。そして、いかにもあきれたような口調で、

「あなた、その年になって、幽霊の存在《そんざい》を信じているのですか？」

といいました。

「いや、べつに信じているわけじゃありませんが、もしかしたら、いるんじゃないかなって……。」

といいながら、わたしはゴーグルをはずし、ガラステーブルの上に置きました。そして、

「世の中には、というより、世の中どころか、この部屋にだって、空飛ぶ玄関《げんかん》マットとか、電気雲とか、そういうふしぎなものがあるんですから、幽霊《ゆうれい》だって、いたってふしぎじゃありませんよ。」

といいました。すると、トルコ人は、

「ま、何を信じるかは個人の自由ですが、このゴーグルは幽霊を見る道具ではありません。」

といいきりました。

「では、何を見るんです。あなたが持っていらっしゃるくらいですから、ただの風よけめがねではないでしょう。」

「むろんです。何が見えるか、じっさいにごらんになるのがいちばんです。コーヒーを飲んだら、ちょっと出かけてみませんか。」

トルコ人はそういって、ひとまずゴーグルをバッグにしまいました。

そんなわけで、コーヒーを飲んでから、トルコ人とわたしはトルコ人の空飛ぶじゅうた

ん、パザルに乗って、外に出ることになったのです。

トルコ人が前、わたしがうしろに乗って、パザルは五階のマンションのベランダから、どんどん上空にあがっていったのですが、飛びたつ前に、トルコ人はよくわからないことをパザルにいいました。

トルコ人は、

「テシェキュレデリム！　さあ、パザル。飛んで、さっきのカオスのところへいこう！」

といったのです。

〈カオス〉というのは、〈ぐちゃぐちゃになっていて、なんだかわからないもの〉という意味です。少なくとも、わたしはそう思っていました。だから、トルコ人は、つまり、

「テシェキュレデリム！　さあ、パザル。飛んで、さっきのぐちゃぐちゃになっていて、なんだかわからないもののところへいこう！」

といったわけで、ぐちゃぐちゃになっていて、なんだかわからないもののところって、どんなところなんだろうと、わたしはわからないながらも、わくわくしないではいられませんでした。

やがて、東京タワーの上をこえ、湾《わん》の上空に出ると、空が晴れてきました。

トルコ人はバッグのなかから、さっきのゴーグルを出して、それをわたしにわたし、

「そろそろ、かけてください。」

といってから、もうひとつゴーグルを出し、それを自分でもつけました。

ついでにいっておくと、東京湾にわたしは見えない浮島《うきしま》を持っているのですが、なにしろ見えないので、そのときも、見えませんでした。

あの浮島は、きょうはどのへんにいるんだろうか……、なんて思いながら、わたしが海を見おろしていると、トルコ人が南の空を指さし、顔だけわたしのほうにふりむいて、

「ほら、あそこ！　あそこを見てください！」

といったのです。

トルコ人が指さしたほうに目をやると、青空のなか、一か所、ピンクの線のようなものが見えました。ひらがなの〈く〉をたてに二度つづけて書いたような形をしています。

「あのピンクの線ですか？」

わたしがたずねると、トルコ人は、

「そうです。あれがカオスです!」

といいきりました。

カオスって……。近くによらないとわからないのかもしれませんが、それは、〈ぐちゃぐちゃになっていて、なんだかわけがわからないもの〉というよりは、ただのピンクのジグザグの線です。

「カオスって、ピンクなんですか?」

わたしがきくと、トルコ人は、

「色はさまざまです。あそこにあるのはピンクですね。青いのもありますよ。でも、青だと、空にあると、わかりにくいんです。」

なんて、あたりまえのように答えました。

そのあいだにも、パザルはピンクのカオスにどんどん近より、ついには、ふたつたてにならんだ〈く〉の形のピンクの線のすぐ前で止まりました。その線は長さというか高さというか、上下が人の背《せ》たけの倍ほどで、線の太さは三十センチほどです。

そういうものが空中に浮《う》いているというのはふしぎですが、そういうものの立場に立て

ば、空飛ぶじゅうたんに乗ってきたやつに、ふしぎよばわりされたくはないでしょう。

わたしが手をのばして、その線にさわろうとすると、トルコ人は、

「だめです。素手《すで》でさわっちゃ！」

といいました。

パザルがすっとあとずさりします。

「さわると、あぶないんですか？」

わたしがたずねると、トルコ人はいいました。

「いいえ。あぶないことはありません。さわると、手がとけてしまうとか、電流がビビビと走って感電するなんていうことはありません。でも、なにしろカオスですからね。素手だと、ベトベトしていて、気持ちが悪いんですよ。だから、さわるなら、手袋《てぶくろ》をしないとね。」

パザルがカオスから少しはなれると、トルコ人はいいました。

「ちょっと、ゴーグルをはずして、カオスを見てください。」

わたしはいわれたとおりに、ゴーグルをはずして、カオスを見ました。

ところが、カオスがあったところには、何も見えません。そこで、もう一度ゴーグルを

つけると、すぐそこにピンクの線が見えます。

わたしはもう一度、ゴーグルをはずし、手に持ったゴーグルを顔からはなして、のぞいてみました。すると、レンズのむこうに、カオスがあります。ところが、見えるのはレンズのなかだけで、レンズをとおさなければ、そこには何も見えないのです。

わたしが顔を動かしたり、手を動かしたりして、レンズごしに見たり、レンズをとおさないで見たりしていると、トルコ人は、

「つまり、そのゴーグルはカオスを発見するためのものなのです。」

といったのです。そして、

「ちゃんとゴーグルをつけておいてください。」

といい、わたしがきちんとつけると、

「テシェキュレデリム！　さあ、パザル。カオスのまわりを一周してみよう！」

といいました。

パザルがゆっくりとピンクの線のまわりをまわりはじめます。ところが、パザルの動きに合わせて、カオスもまわるようなのです。つまり、〈く〉をふたつたてにならべた形は

まったくかわらず、まうしろの位置にいっても、〈く〉が左右逆《さゆうぎゃく》になることはありません。ようするに、パザルもカオスも動いていないのと同じなのです。

トルコ人はいいました。

「カオスというのは、どの方向から見ても、同じ形なのです。完全に二次元的存在《にじげんてきそんざい》なのです、カオスは。」

「へえ。二次元的存在ですか……。」

と、意味もあまりわからないまま、わたしがトルコ人の言葉をくりかえしたとき、カオスがちょっと動きました。ふたつならんだ〈く〉の字がうにうにとたてにのびたり、横にひろがったり、また、ちぢんだりしたのです。色もただのピンクではなく、蛍光色《けいこうしょく》になってきました。

「あ、動いた！」

おもわずわたしが口ばしると、幅《はば》三十センチほどの線がぐっとひろがり、にゅっと何かが出てきたのです。それは人間の頭ほどのもので、まるで地面をころがるように、空中を一メートルほどころがって、止まりました。

カオスもまた、それが出てしまうと、うにうにと動くのをやめ、もとどおり、ふつうのピンクにもどって、ふたつならんだ〈く〉の字の形になったのです。

パザルはこういうことになれているのかもしれません。トルコ人が何もいわないのに、パザルはころがったものに近づき、トルコ人はそれをひろいあげました。

トルコ人はそれを上から見たり、横から見たり、指先ではじいてみたりしてから、いいました。

「これは古い中国の壺《つぼ》ですね。」

それから、

「おかしいな。ただ古いだけなんてことはないはずだが……。」

とひとりごとをいって、右手で壺の首をにぎり、さかさにしました。

すると、どうでしょう。壺からザーザーと水が流れだしたではありませんか。

「おっと!」

と声をあげ、トルコ人は手をのばして、水がパザルにかからないようにしました。そして、さかさにしたまま壺を持っていましたが、水はどんどん出てきて、下に落ちていきました。

「カオスから出てきたのですから、なんのへんてつもないわけがないのです。どうです、これ？　これがあれば、電気料金だけではなく、水道料金だって基本《きほん》料金《りょうきん》だけになりますよ。」

トルコ人はそういって、パザルの上に立てました。

パザルの上に立ててしまうと、水はもう出てきません。

それからトルコ人はパザルにいいました。

「テシェキュレデリム！　さあ、パザル。カオスの点検《てんけん》をするから、近よってくれないか。」

パザルがカオスのすぐそばに近づきました。すると、トルコ人は、バッグのなかから手《て》

袋《ぶくろ》を出し、それを両手にはめて、カオスのあちこちをさわりはじめたのです。それから、今度はやはりバッグのなかから、特大の注射器《ちゅうしゃき》のようなものを出し、カオスのあちこちに先をつっこんで、透明《とうめい》な接着剤《せっちゃくざい》のようなものを流しいれました。

ひとところおりその作業がすむと、トルコ人はわたしに、

「まあ、こんな感じです。カオスのほころびにニュルニュルをいれて、修理《しゅうり》したのです。左官屋《さかんや》さんのようなものです。」

といい、パザルに、

「テシェキュレデリム！　さあ、パザル。飛んで、この人のうちにもどろう！」

と声をかけました。

わたしはゴーグルをひたいにおしあげながら、思いました。

どうやら、カオスはおかしなものが出てくるひびというか、穴《あな》のようなもので、トルコ人はふしぎな品物を、いわばあそこから仕入れているのでしょう。

帰るとちゅう、トルコ人は一度だけ、わたしのほうにふりむいて、こういいました。

「もしかすると、あなた。カオスというのは、ぐちゃぐちゃで、なんだかよくわからない

ものってらっしゃいましたか。もし、そうなら、まちがいです。もともとカオスというのはギリシャ語で、さけめとか、ひびとか、そういう意味なのですよ。」

うちにもどり、リビングルームのソファに腰《こし》をおろすと、トルコ人はさっきの壺《つぼ》をガラステーブルの上に置き、わたしに、

「どうです?」

とたずねました。

「どうですって、何がです? この壺のことなら、なかなか便利そうなので、値段《ねだん》によってはいただきたいと思いますが。」

「いや、壺のことではありません。壺はただでさしあげます。そんなことではなく、カオスの点検《てんけん》と管理《かんり》ですよ。」

「さっき、あなたがしてらしたことについての感想ですか。」

「まあ、そうです。」

トルコ人はそういって、大きなうなずいてから、いいました。

「じつは、ああいうカオスが世界中にたくさんあるのです。新しく生まれることもあれば、

きゅうに消えてしまうこともあります。それから、あれなんかは、色もピンクですし、水がかれない壺《つぼ》みたいな、便利なだけで、あまり害《がい》のないものしか出てきませんが、とんでもないものが出てくるカオスもあるのです。」

「とんでもないものって？」

「たとえば、巨大竜巻《きょだいたつまき》とか、ペスト菌《きん》とかね。」

「竜巻とか、ばい菌が出てくるんですか？」

「もちろん、自然に発生する竜巻もあるし、ばい菌やウィルスがぜんぶ、カオスから出てくるわけではありません。でも、ペストみたいに、ものすごくたちの悪いやつは、たいていカオスから出てきますね。」

トルコ人はそういって、わたしの顔をじっと見つめてから、言葉をつづけました。

「もう、おわかりでしょうが、わたしはカオスから出てきたふしぎなものをあちこちで売っているだけではなく、性質《せいしつ》のいいカオスのメンテナンスをしたり、たちの悪いカオスをふさいだりしているエージェントなのです。ところが、このごろ、新しいカオスがどんどん生まれてきていてですね。ユーラシア大陸だけではなく、手がたらなくて、わたしはアフリカのほうも見てまわらないといけなくなったのです。そこでですね。日本とその近辺だけでも、あなたにやっていただけないかなって、そう思って、きょうはお願いにきたのです。いや、あなただってお仕事があるでしょうから、お休みの日のボランティアか、アルバイトくらいな気持ちでいいんですよ。」

「ボランティアかアルバイトって……。」

「つまり、収入《しゅうにゅう》のあるボランティアです。性格《せいかく》のいいカオスから生まれた便利な品物の所有権《しょゆうけん》は、それを見つけたエージェントにあるというのが規則《きそく》なのです。ですから、あなたはそれをご自分で使ってもいいし、どこかで売って、お金にかえてもいいのです。」

「でも、そんなこと、とつぜんいわれても……。」

「さっきの要領《ようりょう》でやれば、かんたんですよ。あなたには、空飛ぶ玄関《げんかん》マットのチャルシャムバもいるし、品物でこの部屋がいっぱいになったら、東京湾《とうきょうわん》にいる見えない浮島《うきしま》に置けばいいじゃないですか。それに、東南アジアから日本にかけての領域《りょういき》には、たちの悪いカオスはめったに出ません。」

「じゃあ、たちの悪いカオスはどのへんに出現《しゅつげん》するのですか？」

「おもに、西部ヨーロッパと北米大陸ですね。」

「だけど、もし、そういうカオスを見つけたら、どうするんです。」

「さっきのニュルニュルを注入すれば、消えてしまいます。ニュルニュルというのは、注射器《ちゅうしゃき》のようなものに入っていた粘液《ねんえき》です。ニュルニュルはどんなに使っても、なくなることはありません。ニュルニュルを流しこむと、カオスはふさがってしまいます。カオスはひびですから、ふさがってしまえば、消えて、なくなります。ぜんぶふさぐのではなく、部分的に補修《ほしゅう》するときにも使います。ですから、性格《せいかく》のよいカオスの修繕《しゅうぜん》にも使えるというわけです。ちゃんとメンテナンスをして、こまかい傷《きず》などないようにしておかないと、カオスはなかなかいいものを産んでくれません。」

「だけど、わたしにできるかなあ。」

わたしが躊躇《ちゅうちょ》していると、トルコ人ははげますようにいいました。

「わたしもときどき見まわりにきますから、だいじょうぶです。カオスを見つけて、修理したり、ふさいだりするのは、そうむずかしいわけではありません。いま、あなたがひたいにかけているゴーグルとニュルニュル入りの注射器と、それから手袋《てぶくろ》さえあればね。」

そういわれて、わたしはひたいにゴーグルをつけっぱなしにしていたことを思い出し、はずして、ガラステーブルの上に置きました。

わたしは、なんだか、おもしろそうな仕事だし、自分にできるなら、やってみようかという気になってきました。すると、そのとき、トルコ人がいいました。

「むずかしいのは、そういうことではないんです。」

「では、何がむずかしいのですか？」

「カオスから出てきたものをあちらこちらで売ることです。お客様はしっかりとえらばないとね。ふしぎな品物をあちこちで自慢《じまん》するような人はお客様にはむきません。あなたみたいに、こっそりひとりで楽しむようなかたを見つけるのがけっこうたいへんなのです。」

「こっそりひとりで楽しむって……。」

こっそりひとりで楽しむなんて、なんだか人聞きが悪いですが、いわれてみれば、たしかにわたしはそういうタイプかもしれません。

「とにかく、ゴーグル、ニュルニュル入りの注射器《ちゅうしゃき》、手袋《てぶくろ》。それからマニュアル本ごと、このバッグをさしあげますから、ためしにやってみてください。たちの悪いカオスはだい

カオス管理 マニュアル

たい黒とか、こげ茶色とか、暗い色をしているから、たいていのことはマニュアル本に書いてあるからだいじょうぶ。日本語ですしね。どうしても、わからないことや、こまったことがあったら、あなたのチャルシャムバに、こういってください。『テシェキュレデリム！　さあ、チャルシャムバ。飛んで、イスタンブールにいって、アッバス・アルカンを呼《よ》んできてくれ！』ってね。アッバス・アルカンというのはわたしの名前です。」

トルコ人はそういうと、わたしの返事も待たず、ガラステーブルの上にバッグを置いて、ベランダで待っていたパザルに乗りました。そして、

「アッラハウスマルドゥク！」

と、立ち去る側の別れの言葉をいい、そのあとすぐ、

「テシェキュレデリム！　さあ、パザル。ケニアにカオスをさがしにいこう！」

といって、飛びたちました。

わたしはベランダに出て、

「ギュレ、ギュレ……。」

カオスの管理《かんり》エージェント、

とつぶやきながら、パザルに乗ったトルコ人商人にして、カオスの管理エージェント、アッパス・アルカン氏を見送ったのです。

こうしてわたしは、カオスの管理エージェントになったわけですが、それからあとのことは、またいつかお話しいたしましょう。

本作品は、会員制雑誌「鬼ヶ島通信」の第50+6号（2010年冬号）から第50+12号（2013年冬号）まで連載された七篇に加筆修正し、まとめたものです。

作・斉藤 洋（さいとう　ひろし）

1952年、東京都に生まれる。中央大学法学部卒業後、同大学院文学研究科ドイツ文学博士課程前期修了。1986年に『ルドルフとイッパイアッテナ』で講談社児童文学新人賞を受賞してデビューし、1988年にその続編『ルドルフ ともだち ひとりだち』で野間児童文芸新人賞を受賞。1991年にそれまでの業績にたいして路傍の石幼少年文学賞を、2013年に『ルドルフとスノーホワイト』で野間児童文芸賞を受賞。おもな作品に「白狐魔記」シリーズ、「西遊記」シリーズ、「なん者・にん者・ぬん者」シリーズ、『K町の奇妙なおとなたち』『オイン夫人の深夜画廊』『らくごで笑学校』『日曜の朝ぼくは』『ベンガル虎の少年は……』などがあり、出版点数は200を超える。

絵・樋口 たつの（ひぐち　たつの）

明治学院大学卒業後、会社員を経てイラストレーターに。書籍や雑誌、広告などの分野を中心に活動中。2014年には約1年間にわたって読売新聞に連載された小説『空にみずうみ』（佐伯一麦／作）の挿絵を担当した。書籍の仕事に『サーカスの息子（上）（下）』（J・アーヴィング／作）『パンとスープとネコ日和』（群ようこ／作）の装画、『映画でお散歩パリガイド』（ジュウ・ドゥ・ポゥム／著）の装画と挿絵など。

Güle güle

ギュレギュレ！

2016 年 10 月　初版第 1 刷

作者　　斉藤 洋
画家　　樋口たつの
発行者　今村正樹
発行所　偕成社　〒 162-8450 東京都新宿区市谷砂土原町 3-5
　　　　　　　　電話 03-3260-3221（販売部）03-3260-3229（編集部）
　　　　　　　　http://www.kaiseisha.co.jp/
印刷・製本　中央精版印刷株式会社

NDC913/198p/22cm
ISBN978-4-03-727240-1　Published by KAISEI-SHA. Printed in Japan.

落丁本、乱丁本はお取り替えいたします。

本のご注文は、電話、ファックス、またはEメールでお受けしています。

TEL:03-3260-3221　FAX:03-3260-3222　E-mail:sales@kaiseisha.co.jp

アッバス・アルカン氏《し》の

かんたんトルコ語講座《こうざ》

おはよう…………………………ギュナイドゥン **Günaydın**

どうもありがとう……………テシェキュレデリム **Teşekkür ederim**

さようなら（立ち去る側）…アッラハウスマルドゥク **Allahaısmarladık**

さようなら（見送る側）……ギュレギュレ **Güle güle**

こんにちは……………………メルハバ **Merhaba**

はい……………………………エヴェット **Evet**

いいえ…………………………ハユル **Hayır**